足利女童连续失踪事件

[日] 清水洁 著

曾玉婷 译

殺人犯はそこにいる

隠蔽された北関東
連続幼女誘拐殺人事件

文匯出版社

新经典文化股份有限公司
www.readinglife.com
出　品

目 录
Contents

序言 // 1

第一章　动机 // 9

第二章　现场 // 29

第三章　委托 // 43

第四章　决断 // 63

第五章　报道 // 103

第六章　成果 // 137

第七章　追踪 // 177

第八章　混乱 // 191

第九章　强震 // 229

第十章　山道 // 253

第十一章　警钟 // 287

后记 // 301

文库本后记 // 305

本书摄影：
黑住周作（第二章）
手塚昌人（第五、十一章）

本书提到的人物，
皆采用当时的年龄及头衔。

序言

如果你手边有一份日本关东地区的地图，请随我一起打开它，以北部某个地点为圆心，画出一个半径十公里的圆。这是一个普普通通的地方，居住着普普通通的人们。房屋鳞次栉比，孩子们在阳光下嬉戏，到处欢声笑语。

要是告诉你，在这个小小的圆形区域内，十七年间有五名女童无故失踪，你会作何感想？这些小女孩有的至今下落不明，有的被找到时，已是一具冰冷的尸体。而且，凶手尚未落网。

这不是小说情节，这是活生生的事实。

"这么一个小地方，会对小女孩下手甚至杀害她们的人不可能有很多。"一位失去女儿的父亲认为，这是同一个凶手在连环作案。

我深以为然。

可如果侦查机关不这么认为呢？如果他们逮捕了其中一起案件的凶手便以为大功告成了呢？如果这个被抓捕归案的"凶手"是清白的呢？

这是一个普通的居住区，也许就是你现在住的地方。在路上、公园、弹珠游戏厅、超市，你可能每天与逍遥法外的杀人凶手擦肩而过。也许你有一个年幼的女儿、妹妹或孙女，在下一个被害人出现之前，谁能保证明天卷入案件的不是自己珍视的家人呢？

现实中就是会发生这么残酷的事，例如"足利事件"。

警方以诱拐杀人的罪名逮捕了一个名叫菅家利和的男人，检方随后提起公诉，最高法院做出无期徒刑的判决。整个过程被媒体争相报道。因杀人案而胆战心惊的居民纷纷松了一口气，安心回归各自的生活。

但菅家是清白的。由于失当的侦查、杜撰的证据、虚假的供述，菅家被关押在狱中十七年半。日本最高法院的一个决定，剥夺了一个无罪之人的自由与时间；更可怕的是，还给了真凶"特别恩典"——一个名为"时效"的沙漏。就算日后日本司法机关承认了失误，还菅家一个公道，真凶依然获得了"免死金牌"。

真的就此作罢吗？

倘若冤案已经平反，警方是不是可以重新立案侦查？检方也应该立即行动。还有媒体，难道就不用报道真凶逍遥法外的危险了吗?

作为记者,知道多少就报道多少,是我的工作。亲赴现场,事无巨细地调查案件和事故背后的真相,这样的生活我已经过了三十年。这片被称为"调查报道"的领域,就是我的战场。

还是周刊新闻记者时,我写过一本书,名为《桶川跟踪狂杀人事件》①。一本"三流"周刊以调查报道挑战"一流"媒体手头的官方消息,其中艰难可想而知。即便如此,我还是踏上了独力采访之路,最终揪出凶手,揭露了警方在办案过程中的种种问题。

如今旧事重提,是因为本书中的案件与"桶川事件"有惊人的相似之处。

当年的案件使我知道,警方为自我保护会指鹿为马,媒体也会被警方提供的真假难辨的消息牢牢操控。日本司法系统与媒体联手修建起来的围墙坚不可摧,一介小小记者实在势单力薄。因此我执笔写书,只为将信息传递出去。

---

① 1999年10月26日,年轻女子猪野诗织在日本埼玉县JR桶川站前被人持刀刺死。诗织生前长期被前男友跟踪骚扰,多次报警却没有得到重视。在这起案件的报道中,日本各大媒体只知道对着政府机关文件照本宣科,让诗织从被害人变成八卦主角。在诸多无视与不屑中,本书作者多方走访调查,找到了凶手,推动了日本《跟踪骚扰行为规范法》的出台。《桶川跟踪狂杀人事件》是对该案的记录。

遗憾的是，情况并无改变。不仅如此，还在继续恶化。

通过本书，我想说，已经平反的冤案"足利事件"并非终点，而是起点。公众并不知情而日本司法系统极力想压制的"北关东连环杀童案"、身藏暗处的真凶以及某个"炸弹"，我要在书中一个个揭开其庐山真面目。

我最想说的是，在日本，声音最为微弱的五个无辜女孩从世上消失了。

我不会就此作罢。

绝对不会。

二〇一三年十一月

清水洁

❶ 福岛万弥遗体发现地
❷ 长谷部有美遗体发现地
❸ 大泽朋子遗体发现地
❹ 松田真实遗体发现地
❺ 横山由佳梨失踪地

床的周围有动静。

有好几个……小孩。

都是小女孩。

有笑声。

这几个小女孩在我床边蹦跳玩闹。

虽然很奇怪,可我居然不害怕,依然躺在床上,感受着她们的快乐。

就在这时,一个小女孩说话了:"喏,给你!"

她递给我一个盒子——之前明明无法动弹的我,不知为何已经坐在床沿,伸手接过了这个铁皮盒子。

"你把盒子打开,好吗?"

把小盒子放到我手上的圆脸小女孩歪着脑袋抬头看着我,乞求我打开它。

这好像是个装糖果或饼干的可爱铁皮盒子,不过不是普通的四方形,而是个房子,确切地说,外形上是个房子,盖子就是斜屋顶。房子通体金黄,还画着色彩斑斓的瓦片与门窗。

我在小女孩的乞求声中伸手要去揭开盖子,这才发现盖子边缘缠了一圈透明胶带,盒子还有点生锈了。

我摸索着找到胶带头,慢慢撕下它。胶带非常柔软,在我手中一点点展开,缓缓从盒子上剥落。我用指甲抠住盖子边缘,稍一使劲,打开了……

五名女童

第一章

动机

"下午三点四十八分菅家先生出狱了！菅家先生于再审前被释放！"

"菅家先生，恭喜你！"

商旅车的车窗摇下近五十厘米，媒体记者的叫嚷声、相机接连不断的快门声、刺眼的闪光灯排山倒海般涌了进来。二〇〇九年六月四日，这辆车从千叶监狱缓缓驶出，六十二岁的菅家利和从车窗探出身子，向拥挤在四周的媒体记者挥手致意。经过前所未有的DNA型再鉴定，菅家一案最终被认定为冤案。度过了十七年半的铁窗生涯后，他出狱了。

作为采访者，我与菅家同乘一辆车。在四周不断亮起的闪光灯下，我稳住身体，举着摄像机，通过取景框注视着这个两鬓斑白的男人。

我们头顶的上空盘旋着数架电视台的采访直升机。车子驶出监狱大门，好几辆摩托车立即紧紧跟随。各家媒体为报道此次再审前释放，几乎倾巢而出。

这是我第一次与菅家见面,虽然才不到五分钟,我们却有种彼此早已熟悉的感觉。

十七年半的牢狱生涯——我犯难了,不知该如何与他谈起。是说"你辛苦了",还是"你觉得狱中的日子漫长吗"?车子一路向前行驶,留给我的时间不多了。

情急之下,我说出一句很苍白的话:"菅家先生,你现在已经出来了……"

菅家望着我不住地点头,笑眯眯地说:"我很高兴。"

车子离开监狱后沿着日本的国道前行,开往千叶市的酒店,那里有一场记者见面会在等着他。车窗外是大家见惯的"外面的"景色,菅家痴痴地贪看不已。

我长达两年的采访如今可以画上句号了。但这并不意味着结束。今天,才是真正意义上的开始。

菅家释放,"北关东连环杀童案"的真相也终于要浮出水面。

时间回到两年前。

二〇〇七年六月,日本电视台报道局。

办公室一角,新闻快报的提示音、怒吼声、年轻员工小跑的脚步声交杂起伏。一张桌子上资料堆积如山,摇摇欲坠。那是我的办公桌。当时的我供职于电视台社会部,是一名电视台记者。

手头的工作和以往并无太大分别。我不曾加入记者俱乐部①，主要负责跑现场、采访和调查报道。在一群忙于新闻直播与节目制作的年轻同事当中，我执着于某个案子或者事故，一旦得到线索，便立即外出采访。早年做周刊记者时，我追踪过杀人犯，也调查过警方都不管的"未侦破案件"，如今的我仍做着这样的工作。

"去吃饭吗？"

我正伏案看报，社会部部长杉本敏也过来跟我打了声招呼。他曾是田径运动员，后来做记者，带队报道过涉及警视厅②、日本司法部门的重大案件，如今的他已是一位了不起的管理者。

我们穿过一条狭窄昏暗的石板小巷，不知转了多少个弯，走进银座一家高级寿司店。

吃饭时，我正要伸手去取最后一个黄瓜卷寿司，杉本部长突然压低声音说："其实，我想做个报道特辑。"

我一听，立即把手缩了回来，双臂交叉在胸前，抬头望向天花板。"是吗？"我简单的回答在店内安静的空气中显得突兀。

部长眨着眼睛，侃侃而谈。他脑中有个非常庞大的构

---

① 1969年11月成立，由日本报社、电视台等报道机构联合组成的独立组织，是日本记者交流、采访的重要活动场所。
② 管辖日本东京都治安的警察部门，由日本警察厅直接监督管理。

想：定下一个主题，用一年时间来报道，报道的结果要"撼动日本"。

这个节目就是后来的《ACTION：撼动日本》。当下的我佯装冷静，脑子却转个不停。部长在说什么？撼动日本？这么大规模的项目，简直是不可能完成的任务。

部长对我脑中的念头一无所知，继续说道："清水，让你来做的话，你觉得报道一些尚未侦破的案件如何？"

尚未侦破的案件——这个说法确实让我这个调查记者心动。可是，如果以撼动日本为目标，负责这样的案件报道意味着什么？

不就意味着只能去"侦破"案件了吗？可我既不是警察也不是检察官，只是一个在案件周围徘徊的普通记者。调查、采访、报道是我的工作，侦破案件可不在我的业务范围之内。虽然我之前也做过超出记者本职的工作，可从没有这么大阵仗。

几天后，我约了一位女同事在台里的自助餐厅见面。

她叫杉本纯子，与部长同姓，为免混淆，我连名带姓地称呼她。杉本纯子以前是新闻类访谈节目《Wide Show》的记者，我与她相识在一九九八年的"和歌山毒咖喱事件"①现场，当时我是写真周刊《FOCUS》的记者。后来

---

① 1998年，日本和歌山发生一起毒咖喱案，祭典中的咖喱被掺入砒霜，造成4人死亡，多人送医。

我们又在很多案发现场碰到,再后来机缘巧合到了同一家电视台工作。我打算把她也拉下水。

一九九九年,埼玉县发生一起震惊日本的"本庄保险金杀人事件",嫌疑人八木茂是某公司社长,还经营了一家居酒屋。居酒屋一带连续发生离奇死亡案,媒体蜂拥而至,八木顺势在自家居酒屋召开了两百零三场收费的记者见面会,信心十足地拍胸脯保证——这些都不是犯罪!

八木对我的报道十分不满,在记者见面会上对我吼道:"你那是什么狗屁报道!"他还在居酒屋墙上贴出告示,圈出我的名字说我是"最差记者",搞得像通缉令似的。杉本纯子曾指着这张告示捧腹大笑——一个杀人案的嫌疑人竟然评我为"最差记者"。

杉本纯子跃跃欲试,立刻带了一份未侦破案件的清单来见我。重大案件都有追诉时效,即使是足以判死刑的重案要案,只要凶手逃得了二十五年,便是无罪。因此我们商定,既然要做,干脆就挑时效快到的案件来做。就是要用这样的案件来撼动日本。

清单中有二十多起未侦破案件,既有"八王子超市枪杀事件""世田谷灭门事件"[①]等大案,也有我没听说的。每起案件她都整理出了梗概,这份清单分量不轻,我

---

① 1995 年,日本东京都八王子市的一家超市发生枪击案,3 名女店员被杀害;2000 年,日本东京都世田谷区的宫泽干夫一家 4 口被灭门。

们逐一讨论，一行字突然吸引了我的目光。

弹珠游戏厅诱拐事件。

案子还没侦破吗？

这是著名的女童诱拐案"横山由佳梨诱拐事件"，一九九六年七月发生在群马县。

四岁的横山由佳梨在太田市一家弹珠游戏厅失踪。监控摄像头拍到了一名可疑男子，警方将其列为重点怀疑对象，公开了他的影像。由于案情始终不明朗，连带着时效期限也模糊不清。

监控录像中，当时明明是酷暑天气，那名可疑男子却穿着深色长袖夹克、肥大的长裤。他在游戏厅里阔步闲逛，却对游戏台视而不见。随后他坐到了一条长凳上，紧挨着由佳梨，还对她频频耳语。由佳梨不知听到了什么，看上去非常开心。男子指了指门口就出去了。不一会儿，由佳梨也追了出去。

由佳梨至今下落不明。那段监控录像被警方送到电视台循环播放，嫌疑人的通缉海报也贴满了日本的大街小巷，我在札幌、大阪、鹿儿岛都见过。铺天盖地的通缉之下，却没有出现任何有价值的线索，该男子的身份依然成谜。录像中他的走路方式那么特别，警方为何迟迟无法锁定凶手呢？一种异样感在不断地刺激我。

黑色、蓝色、绿色。我握着四色圆珠笔，咔嚓咔嚓地按动按钮。停下来时,出现的是红色笔头。

就它了。

我在清单上的这一栏画了个红圈。

先做前期调查。我回到资料堆积如山的办公桌前,与杉本纯子分头上网查资料、去资料室寻找陈年报刊、调取当年的新闻影像。我们只是初步整理了一些相关信息,便有了出乎意料的发现。

发生"横山由佳梨诱拐事件"的六年前,群马县邻县栃木县的足利市也发生过一起弹珠游戏厅女童诱拐案——一九九〇年五月的"松田真实诱拐事件",也称"足利事件"。

四岁的小真实跟着父母来到弹珠游戏厅,随后下落不明,第二天,人们在附近的渡良濑川岸边发现了她的尸体。小真实遇害时与由佳梨同岁。

足利市在哪儿呢?我将一份颇有年头的关东地图册翻开。

群马县与栃木县虽然行政归属不同,但这两起案件的发生地太田市与足利市紧挨着,开车或者搭电车就可轻松来回。两个女孩失踪的地点,即两家弹珠游戏厅之间的直线距离,只有大概十公里,也就二十分钟车程。

这是个巧合吗?

继续调查,我发现足利市发生过不止一起类似案件。

在"足利事件"案发六年前,还有一起女童失踪后被害的案件——一九八四年十一月的"长谷部有美事件"。

五岁的小有美也在弹珠游戏厅失踪。一年零四个月后,人们在市内的某块农田里发现了她的尸体。

我按照时间顺序,整理出以下信息:

一九八四年 栃木县足利市 长谷部有美 遇害
一九九〇年 栃木县足利市 松田真实 遇害
一九九六年 群马县太田市 横山由佳梨 失踪

这三起案件比较集中地发生在一个范围不大的地域内,被害人都是年幼的女孩。

为何诱拐地点都是弹珠游戏厅?我把时间范围锁定在这三起案件发生的十二年间——一九八四至一九九六年,翻遍了当时的报纸,也问遍了日本的警察局,再也找不到其他类似案件。

我扭头问坐在隔壁噼里啪啦敲电脑的编辑齐藤弘江:"你听说过栃木县的弹珠游戏厅诱拐案吗?"

齐藤是栃木人,他应该对当地的案件有些印象。果然他答道:"当然知道啦。小时候爷爷反复告诫我,不许靠近弹珠游戏厅,里面有拐骗小孩的坏人!"

看来栃木县的人都知道。

如果跳出"弹珠游戏厅"的限制，这个地区的其他地方也发生过诱拐并杀害女童的案件：一九七九年八月，足利市内，一个五岁女孩在自家附近的神社失踪，这是"福岛万弥事件"；一九八七年九月，群马县尾岛町（今太田市），八岁的大泽朋子在公园里失踪。这两个女孩的尸体后来都在河边被发现。

五人中有三人被抛尸在河边？

我翻开地图册中太田市那页，找到大泽朋子失踪的公园与横山由佳梨失踪的弹珠游戏厅，用手指大概一量，两处的直线距离不过五公里。

太近了。

地图册一会儿被我翻到太田市那页，一会儿又翻回足利市，实在麻烦。于是我出去买了两张地图，铺在工作台上一看，发现这两个城市所在的两县县界竟如里亚斯型海岸般曲折复杂。

杉本纯子沿着县界将两个县的地图剪了下来，再用胶带粘在一起，制成了一张巨大的拼接地图。我们在已经明确的诱拐地及尸体发现地做上标记，发现这些标记集中在这张地图的中心位置，也就是县界附近。

  一九七九年 栃木县足利市 福岛万弥 五岁 遇害
  一九八四年 栃木县足利市 长谷部有美 五岁 遇害

一九八七年　群马县尾岛町　大泽朋子　八岁　遇害
一九九〇年　枥木县足利市　松田真实　四岁　遇害
一九九六年　群马县太田市　横山由佳梨　四岁　失踪

十七年间，在枥木与群马的县界附近方圆十公里的区域内，发生了五起女童被害案，每隔三到六年就会发生一起。我长期进行各类案件的采访和报道，却从未见过这样集中的案发区域。

我将这些案件的共同点罗列出来，它们几乎指向同样的"作案手法"。

- 作案对象都是女童。
- 其中三起案件发生在弹珠游戏厅。
- 其中三起案件的被害人尸体都在河边被发现。
- 案件几乎发生在周末等节假日。
- 案发现场无人目击到哭泣的女童。

一个想法在我脑中逐渐清晰——这是同一个人五次诱拐并杀害女童的重复性犯罪吗？或许可以称之为"北关东连环杀童案"。

这样的事有可能发生吗？真的会是警方没有承认、媒体也没有报道的连环重案？有没有模仿作案的可能？可如果是模仿作案，为何要选距离这么近的地点？太多疑惑尚待解答。还不能轻易下判断。

我将调查范围扩大到栃木、群马、埼玉一带，果然又发现了三起未侦破的类似案件，分别发生在日光、今市、桐生。经过深入研究，我最终认定这八起案件共同点太少，区域与年代的跨度也太大。

还是决定聚焦之前列出的五起案件。

我调出台里保存的相关新闻影像：案发的弹珠游戏厅、在游戏厅周围侦查的警察、航拍的尸体发现地、河岸边随风摇曳的芦苇、波光粼粼的河面……从我眼前一一掠过。接着是这五名女童的照片——我目不转睛地注视着这五张可爱的脸。

脸庞圆润、眼神羞怯的福岛万弥。

身穿幼儿园园服、露出两条黄色书包肩带的长谷部有美。

站在杜鹃花丛前的大泽朋子。

一头黑发、戴着红色运动帽的松田真实。

身穿条纹上衣、梳着两条辫子、冲镜头微笑的横山由佳梨。

笑眼弯弯，传达着对摄影者的信任。这五名天真无邪的圆脸女童，难道只是因为生活在这个区域，就必须承受从此失踪，甚至死去的命运吗？

我盯着那张拼接地图上的县界，想到了另一个问题。

足利市的三起案件归栃木县警方侦办。

太田市的两起案件归群马县警方侦办。

这条县界有没有可能成了警方办案的障碍，导致两边警方的线索与侦查中断？理论上，各县警方可以信息共享，可实际上，邻县的警方之间通常关系交恶——遇上吃力不讨好的案件，两边警方就相互推诿，能轻松破案的就你争我抢。

某警察局的侦查员曾有过这样的抱怨："住在我们辖区的一个女人失踪了，考虑到有被害的可能，我们出警了。几天后，她的尸体在隔壁县被发现。隔壁县的警方说，这是他们的案子，让我们不用过去了。这个案子对他们来说只是个抛尸的问题，所以那边就随便查了查。"

在一个交通便利、人来人往的生活圈内，警方居然有"这边"与"那边"之分。这五起案件就发生在如此复杂的地方。

跨越县界就导致线索中断、侦查中止，实在令人头疼。日本警察厅针对这一弊病制定了《跨区域重要案件特别侦查纲要》。我采访过的几大案件都遵循了这份纲要，例如绑架食品公司社长并往巧克力中投毒的"格力高·森永事件"；以及袭警夺枪、接连抢劫射杀他人，令全日本陷入恐慌的"胜田清孝连环杀人事件"。

一九八九年十月，我跟进了一起发生在埼玉县与东京都的连环杀童案，这起案件被命名为"警察厅跨区域侦查重要指定事件第一一七号"。

警察带嫌疑人去指认现场那天，天气非常恶劣，狂风暴雨。我在现场等候，嫌疑人迟迟没有出现。我带的尼康F4相机是装电池的，早已泡水不能用了，只好指望另一台全机械F2相机。

被警车带到暴雨现场的嫌疑人叫宫崎勤。他杀害了四名四岁到七岁的女童，不仅毁坏尸体，还将被害人的遗骨丢弃到她们各自的家门口，手段非常残忍。作案后宫崎发现警方并未注意到他，便以"今田勇子"的假名给媒体寄了一封犯罪声明。他不仅夺走了无辜女童的性命，还往家属伤口上撒盐，真是卑劣至极。

他出现时被一群刑警围在中央，头上蒙着一件外套，完全看不到脸。他走了几步便停住，伸手指了指地面，那应该就是抛尸的地点。

警方用行动告诉在场的每一个人：基于人权，不能公开嫌疑人的脸。我看着取景框，不由得怒上心头。这世上对人权最大的侵犯，就是杀人！我克制着自己才没把那台坏掉的相机砸到那个恶棍脸上。

"宫崎事件"的四个诱拐地点分别是埼玉县入间市、饭能市、川越市以及东京都江东区，十分分散。宫崎驾车四处流窜，若将这四个地点囊括进一个圆圈内，半径可达二十五公里。

四起案件发生在一九八八年八月至一九八九年六月之间，前后共十个月。警察厅是在一九八九年九月一日将其列为跨区域侦查重要案件的。可事实上，在这之前的七月宫崎已经因为其他案件被捕——在东京都八王子市猥亵一名女童时被其父亲扭送到警察局。嫌疑人已经进了警察局，那么所谓的"跨区域侦查重要指定"是怎么回事？难道并非为了逮捕凶手，而是为了公平立案，维系各个警察局之间的关系？

与这起"警察厅跨区域侦查重要指定事件第一一七号"相比，在方圆十公里内多次案发的北关东案看来像是同一个人连环作案。

只是，这个假设有个致命的缺陷——这五起案件中，有一起的"凶手"已经被捕，案子已经"侦破"。

之前提到的"足利事件"中，把小真实从弹珠游戏厅带走并杀害，被栃木县警方逮捕的人，就是菅家利和。被捕时，菅家四十五岁，是幼儿园校车司机。

将他定罪的决定性因素是"自供"与"DNA 型鉴定"。

那是日本法院首次在判决中将 DNA 型鉴定视作证据，这让菅家的有罪判决板上钉钉，他被当庭宣判无期徒刑。打开当年的报刊，还能轻松找到《科学侦查的结果》

《"1000人中仅有1.2人重复"的DNA型鉴定》等警方自夸的评论文章。

若我的假设成立,上述"事实"将会被推翻。媒体必然哑口无言。

足利市发生的三起案件——"足利事件""福岛万弥事件""长谷部有美事件"是被当作连环案件来侦办的。对菅家的调查也沿着这个方向严格进行。可是,"足利事件"之外的两起案件最终都以"不起诉"的结果莫名其妙地结案了。对媒体来说,连环案件中其中一起的凶手被逮捕、起诉、判刑,他们对其他案件的关心程度便会骤然降低,公众也会产生连环案件已经侦破的错觉。

可是,在"连环案件破案"之后,为何还会发生太田市的"横山由佳梨事件"?这就是我明知连环案件的凶手已经抓到却依然坚持调查的原因。即便"足利事件"是被最高法院驳回上诉而定罪的,我依然抱着解开疑惑的决心,伏案埋首于海量的资料中。

菅家在狱中一直坚称这是一起冤案,可是并未被采信——总有受刑者声称自己蒙受冤屈、遭到错判。菅家原本就是自供,还有科学警察研究所(以下简称"科警研")的DNA型鉴定当作物证。作为日本科学侦查的最高机关,科警研的DNA型鉴定怎么可能出错呢?鉴定的精确度已达到"1000人中仅有1.2人重复",被鉴定结果锁定的人又亲口招供了——菅家必是真凶无疑。

日本刑事案件的定罪率高达百分之九十九点八，冤假错案几乎不存在。况且这次的证据是自供与DNA型鉴定。什么连环案，都是我的妄想。我非常清楚，对于记者而言，这种假设是万万碰不得的雷区。

我对自己说：停下，赶紧停下！再纠缠这种危险的案件，别说撼动日本，自己的饭碗都可能不保。我将拼接地图叠起来，啪地扔回桌上，关掉电脑。回家前不如先去高架桥下的烧烤店喝点啤酒吧，店门口的红灯笼在召唤着我。我站起身来背对着桌子。

下一瞬间，我脑海中浮现出了那几个孩子的脸……

真的要放弃了吗？菅家被捕后发生的"横山由佳梨事件"凶手真的另有其人，只是作案手法相似吗？我又不自觉地转身面对办公桌，扫视着桌面，视线最终落在刚刚扔下的地图上。心情说不出来地糟糕，总觉得哪里不对劲。

越深入调查这一连串案件，我越是有种"这里头有古怪"的感觉。我背着挎包，单手将那份折起来的地图轻轻地打开。五个圆形标记集中在地图中央，只有一个已经"破案"，十分怪异。

我缓缓坐回桌前。

我把挎包取下，放在脚边，从上衣口袋中取出一支圆珠笔，下意识地按动着按钮。我坐在椅子上转圈，两手交又抱住后脑勺,仰头望向天花板上刺目的白炽灯。

假设一下。仅仅是假设,万一——不,一百万分之一的可能,如果菅家是被冤枉的……

我对这五起案件的思路发生了巨变。

宛如奥赛罗棋的黑白逆转,如果将已经定罪的"足利事件"从黑面翻成白面,整个棋盘上的颜色便全是白色,这一连串案件就变成了"北关东连环杀童案"。而我必须直面以下事实:真凶依然逍遥法外。

五个小女孩接连失踪或丧命,凶手本该被处以死刑,现在却安然无恙。一无所知的人们每天在路上、超市、游戏厅与这个罪大恶极的凶手擦肩而过。那个看上去那么喜欢孩子、与小女娃娃漫不经心聊天的人居然是连环诱拐杀童案的真凶。假如,明天出现了第六个被害人……

不!绝不可以再出现这样的事。倘若我最后白忙一场,证明"足利事件"早已妥善解决,也是不错的结局。可如果意识到冤案的可能性却袖手旁观……我不敢往下想。

我的视线又移到堆积如山的资料上。我要继续从中寻找线索。

日复一日,我的调查范围不断扩大。

曾经有人告诉我:调查一百页资料,才能写出十页的报道；如果只调查十页，就只能写出一页的内容。我只能一点一点寻找线索——从报纸到资料里的起诉书、初始陈述书、判决书……连日在台里、图书馆、资料室埋首，案头的文件越堆越高，摇摇欲坠。我反复阅读菅家的供状，试图从中找出矛盾点；又对照案发地的地图搜集信息；有时也进行电话采访。与此同时，我开始学习DNA型鉴定的基础知识。

任何资料我都不轻易相信。警方与检方的调查书、初始陈述书都将被告描述成罪犯，媒体报道的内容几乎全来源于日本司法机关提供的信息，辩护律师撰写的材料则只是一味地辩护。

作为记者，我不为他人的利益去采访报道，只以事实为依据。自打从事这份职业以来，我便牢记：兼听则明。

调查到了第二周，我突然发现一件怪事。

当时房内夕阳西晒，我埋首纸堆，手里拿着一份薄薄的资料。这份资料不知为何始终萦绕在我心头，我曾经无数次拿起又放下。这次我突然看懂了它。

这是一个媒体和司法人都未曾留意的事实，分量轻到所有人都轻易地忽视了它。我找出与这份资料相关的其他资料，将它们装进一个黑色文件夹。文件不断增厚，我反复检查确认其中有无矛盾之处。

一个男人的身影逐渐浮现在我眼前，一个推论直击我的大脑。

次日，我将五名女童的照片打印出来，并排摆在桌上。

此次报道的宗旨是追踪未侦破的案件，可如果我追踪调查的是"已侦破的案件"，这能成为一个节目吗？《ACTION：撼动日本》要怎么办？

我叠好地图，拿起女孩们的照片。它们有着一股强大的力量，能把屡次想去烧烤店的我重新拉回座椅上。

我实在无法置之不理。

心中已有打算的我将这五张照片夹到记事本中，离开了办公桌。

一个记者，不去现场，不去采访，一味空想有什么用？

我要立刻出发。去现场。

第二章
现场

从田中桥俯瞰的渡良濑川两岸

去现场，意味着和人见面。

我从"足利事件"的判决记录与调查书中找出案件相关人员的名字，列出了一份采访清单。其中，被害人家属、证人、被调查过的人、警察、律师等是我采访的重点。我打算竭尽所能找到他们，确认他们的可信度后深入访谈。做完前期准备，动身前往北关东时，已经是二〇〇七年的夏天了。

我想先去一个地方——海拔一百一十八米的织姬山。

这座小山位于东京都以北约七十公里的栃木县足利市。站在山顶，就可将古老的小城尽收眼底，渡良濑川穿城而过，波光粼粼。就在这片美景中，发生了三起残害女童的案件。在我的右手边是一个大工厂，属于群马县太田市。太田市也发生了两起类似案件。

案发地点都在两县交界处，微妙地间隔了若干年。这是一起连警察都不承认的连环案件。看来，接下来的采访不能用普通方法完成。

我去了一趟日本四〇七号国道，两县的交界处只立着一块写有县名的标识牌，经过车辆的车牌也是"栃木""群马"混杂，这里来来往往去工作或购物的人们很少会意识到自己正跨过县界。而警方在办案时，县界却等同于国界，不可逾越。

我从四〇七号国道进入县道，朝足利市方向前行，脚下的道路沿着渡良濑川向前延伸。渡良濑川从群马县流入栃木县后，水面变得宽广开阔。河上略显古典的桁架桥十分抓人眼球，据说是"二战"前所建。河边公园绿意盎然，不少人在慢跑、踢足球、打棒球。我将视线从这片祥和安宁的景象中移开，望向河堤后方，那里有一家弹珠游戏厅，是小真实被带走的地方。人们在距离这家游戏厅大约四百米的沙洲上，发现了小真实的尸体。

日本电视台里还保留着当时凶手指认现场的新闻影像。摄像师用超远摄镜头捕捉到了菅家被带到岸边的身影。一群体格强壮的刑警围在菅家身边，身材矮小的他被人墙淹没了。他头上的帽子压得很低，戴着手铐，腰上绑着绳子，慢慢地走在枯萎的芦苇丛中。紧挨着他的一个刑警问了他句什么，可惜距离太远，收录不到声音。菅家配合地歪着脑袋思索了片刻，犹犹豫豫地指了指周围。

我走进那片沙洲。沉积的沙土上密密地长着比我还高的芦苇。太阳无情地炙烤着，我踩着芦苇根部，踏出一条路来……如今已经无法得知当年抛尸的确切位置了。

不知从何处传来野鸡的高声鸣叫。我吓了一跳，驻足细听，周遭却又只有潺潺的水流声。几棵麻栎树伫立在蓝天下，枝叶随风摇曳。

这个地方，连白天都如此寂静。

一个四岁女孩，就被抛尸于此。

不过十几年前的案子，采访起来却像在做历史调研。

案发时间是一九九〇年五月十二日，一个白昼渐长的初夏傍晚。河堤后两家弹珠游戏厅并排而立，厅前宽敞的停车场上，挂着群马和栃木车牌的汽车混杂停放在一起。

那天，小真实跟着下班的父亲进了弹珠游戏厅。父亲目不转睛地盯着游戏台，她就在店内和停车场独自玩耍。据说有个年轻的女店员看到了小真实。

这位女店员已经离开了足利，我经过多方走访才找到她。她已略显沧桑，听了我的问题后沉吟良久，仿佛打开了久远记忆的匣子，缓缓说道："那个动作，是叫翻跟头吗？她翻跟头给我看。停车场的地还那么硬。我印象中，她是个活泼可爱的孩子。"

圆脸的小真实剪着娃娃头，穿着浅橘色运动衫和红色小短裙，脚上是一双红色凉鞋。她一点也不认生，笑吟吟地跟这位女店员说话。

女店员说她前一天也看到了小真实，看她独自玩耍，便特意叮嘱了几句："你不可以跟着陌生的叔叔走掉哦。哪怕他说要给你冰激凌啊糖果啊，也不可以跟他走哦。"

小真实当时欢快地回答："好，我不会走的。"

案发当天，还有其他人看到小真实。

日本电视台在新闻报道中采访到了另一位女性，是停车场边一家小型游戏币兑换所的工作人员。她回忆道，当天小真实在寻找一只前一天一起玩耍的野猫。采访中也拍到了这只褐色的小肥猫，它在镜头前乖巧地端坐着。那天小真实找到这只猫了吗？我陷入沉思。我想找到这位女士，遗憾的是，她已经去世。我感受到了岁月的沉重。

游戏币兑换所隔壁有一户人家，我前去向屋主打听消息，果不其然，对方说在案发当天见过小真实。"我家养了好几只柴犬，当时正好生了一窝小狗，附近的孩子常跑来看。我担心孩子们进来会发生危险，便站在门口提醒他们。当时，我就站在那里。"屋主指了指大门。

当时是傍晚六点三十分左右。在那之后，小真实就下落不明了。

小真实的父亲发觉异样时，是七点左右。他开始高呼女儿的名字到处寻找，找遍了游戏厅和停车场，也去了街对面的渡良濑川堤坝，可是一无所获。母亲接到电话后火速赶来，但四处寻遍，仍然不见小真实的踪影。最后他们去了附近的足利警察局求助。

警方火速出动,栃木县警察局也派出侦查员陆续赶到现场,一位侦查队长一见到小真实的父亲就冲他咆哮:"你为什么要把孩子带到弹珠游戏厅?!"

这位队长估计还记着六年前的"长谷部有美事件"以及十一年前的"福岛万弥事件"。眼下发生了第三起类似案件,他内心十分焦躁。

直至深夜,小真实依然杳无踪迹。众人继续在住宅区、工地、河边搜寻。在一筹莫展中,一天过去了。

最终,令人悲痛的事发生了。

翌日上午十点多,警察在河边的沙洲中发现了面目全非的小真实。她赤身横躺在芦苇丛中,死因是被勒住脖子造成的窒息。凶手已经逃走。县警察局将失踪侦查更改为诱拐杀人案侦查,在足利警察局内设置了侦查本部。

足利警察局已经有两起未侦破案件,如今又新添了一起。这完全是异常事态。

侦查员在河里发现了小真实的衣物,裙子、运动衫、短袖衬衣被揉成一团。短袖衬衣上附着着凶手的精液、体毛以及唾液。从这个关键物证,警察得知凶手是 B 型血。

这是一个熟知当地地形、时常出入弹珠游戏厅的 B 型血男人,是个萝莉控……侦查本部绘出凶手模拟画像,开始在足利市全面排查。

可是，侦查工作进展缓慢。

连环案件不见侦破，家长们开始担心同类案件再次发生，恐惧情绪在蔓延，对警察的批判也愈演愈烈——"已经第三个孩子遇害了，还没抓住凶手吗？"这类案件不同于仇杀，多属于偶发，侦查工作无法从被害人的人际关系入手，这是侦查工作停滞不前的原因之一。长期的排查也让不少市民背上嫌疑。

足利市的商业街上，一位中年店主低声对我说："当时刑警们到处打听情况，三个案子一个都没侦破，他们很拼命。他们来了这里很多次，打开一盒香烟让我抽，我刚抽一口，他们就把那根香烟带回去了。这是在用唾液查血型呢。大家怕拒绝抽烟会惹上嫌疑，都乖乖照做……"

仅仅因为是 B 型血便受到警方怀疑的人们往往暴跳如雷。警民关系十分紧张。

连续三起案件未侦破，警察厅不可能坐视不理。刑事局侦查一科科长山本博一造访了侦查本部。随后，刑事局长也视察了现场，鼓励县警察局的侦查队长。案发三个月后，山本博一"空降"栃木县警察局，出任本部部长，坐镇侦查前线指挥工作。据说山本是推动当年"一一七号"即"宫崎事件"破案的关键人物。当时的报纸还刊登了他的言论："十年间，三个本该有大好未来的孩子接连丧命，此案事关日本警察的名誉，必须重点侦办。"（《朝日新闻》

九月六日）

警察厅的焦虑真切可感，作为上级机关下达这样的指示，更令现场办案的地方警察压力巨大。

我找到了当时的一位侦查队长，案发后他在最前线指挥侦查工作。站在他家门前按响门铃后，一个六十岁左右的男人走了出来。

我递上名片，直奔主题。"我想问问您'足利事件'的事……"

"我早都不记得了。为什么你现在还来问这个？"

我简单向他说明，因为服刑中的菅家提出了再审申请。

他已经退休了。当时作为侦查队长之一，上头要求彻查案件，令他处境艰难。他一脸厌烦地开口说道："我当上刑警后，办的都是大案子，可是警察厅的那拨人每次开会都指着我的鼻子骂，说什么'这三起案件什么时候才能破'，那场景我一辈子都忘不掉。"

警察厅告诉他们，这三起案子不侦破，破了其他案子也不管用，当时的警视厅已经逮捕了宫崎勤，栃木县警察局如置炭火之上。

当我提及菅家，这位侦查队长颇为自信。"抓捕前我就认定他是凶手。大家不都认为三起案子是一个人干的吗？"

我问他案发当日是否有目击者在案发地附近看见菅家。

"没有，一个都找不到。我们在那一带仔细盘查过，就是找不到目击者。原因嘛，想来是菅家个子太小，太不引人注意了。"

我又拜访了其他几位侦查队长。

"上头的指令很简单，就是无论如何都要把凶手抓捕归案。我们认真地侦查了，从调查过去的犯罪记录起，把所有能做的都做了，竭尽全力。可嫌疑人总是锁定了又被排除。一个住在本市、B型血、疑似萝莉控的男人。B型血的人实在太多，我们逐一排查。大家都有不在场证明，行为怪异的人也都被排除了……最后只剩下他。"

那个人就是菅家。

为何会注意到菅家呢？他回答，是由于一个警察的走访调查。"我们有个非常优秀的警察，就是他打探出来的。真不得了，一个隐蔽的出租屋里堆满了萝莉控影片啊！"

那里住着一个只在周末才会回来的可疑男人。一得知这个消息，附近巡查岗亭的警察就去走访这户人家。一进屋就看到了电视、录像机和大量成人录像带。

在巡查警察看来，这是个生活作风可疑的男人，他立即向侦查本部报告了情况。这个小小的出租屋变成了"隐蔽住所"。菅家接受了讯问，他的血型正是B型。

"还有，凶手不是对孩子那个吗？那男的就是幼儿园的校车司机啊。"

能接触到儿童的幼儿园校车司机，这个职业更加可疑。侦查员开始暗中跟踪菅家。

"虽然他时不时出入弹珠游戏厅，但并没有显示出犯罪意图，例如跟女童搭讪之类……"

菅家没有任何犯罪前科，规矩得连违反交通规则的行为都没有。

刑警前往菅家任职的幼儿园调查。幼儿园的经营者听说菅家成了杀害女童的嫌疑人，立刻解雇了他。失业的菅家只得依靠存款度日。

侦查陷入僵局。可是，大家无论如何都无法放弃这"最后一人"。为了获取线索，侦查员从垃圾堆捡回了菅家扔掉的超市购物袋，里面的垃圾成了菅家被捕的导火索。

一九九一年十二月一日清晨，案发一年半后。

三个侦查员进入菅家的出租屋将他带走，在足利警察局的审讯室中对他严厉审问。

面对菅家的坚决否认，刑警说："如今可是科学侦查的时代了。"

刑警捡回的垃圾袋中有空咖啡罐、香烟盒、烟蒂、纸巾等物。警方从中得到菅家的精液，实施了 DNA 型鉴定。鉴定结果显示，菅家与凶手的 DNA 型一致。

实际上，菅家被带走之前，早报就在醒目位置刊登出了相关报道：《现场残留物、DNA 型鉴定一致》《近距离审问重要嫌疑人》《原校车司机今日接受审问》《本市原校车司机（四十五岁）》。这些报道，让侦查本部别无选择，只能带走菅家。若是真凶另有其人，读了报也望风而逃了。事态为何发展至此，当时的侦查队长苦笑着对我说："我们可什么都没透露。上头要求我们不许对任何人提起。可那天早上新闻报道已经铺天盖地了。泄露消息的估计是警察厅。"

足利警察局前聚集了大量媒体记者与闻讯赶来的居民，他们都在等待凶手落网的消息。这股压力将整个警察局包围，也悉数压在了二楼审讯室中那个四十五岁男人的身上——还没出结果吗？连环杀人凶手还没招供吗？

十三个小时过去了，晚上十点左右，菅家招供了。

在刑警的逼问下，他承认杀害了小真实。这天深夜，一纸逮捕令出现在他面前。

菅家的供述内容如下：

在弹珠游戏厅玩到傍晚七点左右，菅家出门去停车场的游戏币兑换所换钱，准备骑车回出租屋，这时他发现了独自在停车场角落玩耍的小真实。他靠近小真实，看见她坐在地上画画，便问她："想坐自行车吗？"小真实回答："想！"于是他让小真实坐到了自行车后座上。

两人朝渡良濑川堤坝的方向骑去，上坡后，在堤坝上左转，进入通往河岸的坡道后开始下坡，之后穿过棒球场,往河流方向骑去。到了一个丁字路口,他们下了车。

菅家牵着小真实走入草丛,沿着河流走,不一会儿就到了水泥护岸边。他想要猥亵小真实,害怕她出声大叫,便掐死了她。事后他把尸体藏在了沙洲的芦苇丛中,骑车逃走,到超市买了点东西后回到出租屋。

自供与物证。

只要凑齐这两样证据,便可定罪。菅家被移送宇都宫地方检察厅,以杀人、猥亵、诱拐等罪名被起诉。

警方认为足利市发生的另外两起女童被杀案也是菅家所为,继续审讯菅家。最后,菅家承认这三起案子都是自己所为。

菅家被捕后的第二十一天,报纸上用醒目的大标题写着:《另两起杀童案也一并招供,凶手称"引起骚动可就不好了"》(《朝日新闻》一九九一年十二月二十二日)、《"万弥事件""有美事件"招供,杀童案全面告破》(《下野新闻》十二月二十二日)。

日本电视台存有当时刑事部长召开记者见面会的影像。

"警方消除了十二年来足利地区的社会不安定因素,值得庆幸。第三起案件发生后终于逮捕凶手,全要归功于警方的执着与努力。"

重大案件的侦破令警方如释重负。发现菅家的巡查警察等人被授予"警察厅长官奖"。巡查警察在报纸采访中说道:"我感觉像中了巨额彩票。之前提醒民众开车系好安全带时,对方跟我说,小真实被害的案件还没侦破,你现在还有心思做这些事吗?我听了十分难过。"(《朝日新闻》十二月五日)

本部部长山本博一向侦破案件有功的警察颁发了"本部长奖"。

一九九二年二月二十日,足利警察局的侦查本部解散。时任侦查队长在记者见面会上颇为自豪地发言道:"三起案件全面侦破,我要感谢枥木县的全体民众。十三年来坚持不懈的侦查工作终于取得成果,令人万分感慨。"

忐忑度日的居民们终于松了一口气。不久后的开庭审判会让真相大白天下。连杀三名女童的杀人犯理应受到死刑的惩罚。

可是,这个连环案却迎来了意外的结局。检方称"福岛万弥事件"与"长谷部有美事件"因证据不足,不予起诉。

到底怎么回事?

首先,物证一个都没有;其次,重要的自供也含糊不清、矛盾频出。当我就此事询问当时的侦查队长时,他表情凝重。"太难起诉了。站在警察的角度,我认为案件已经全面侦破,移送检方。可是,证据的问题……案发时间久远,要定罪实在太难了。"他十分遗憾地说。

果真如此吗?会不会真凶实际上还未抓捕归案?

我继续大胆提问："除了他，你们有没有考虑过其他人的可能性？"

他连忙摆手否认。"不可能。锁定了他，侦查才有了进展。我们的工作是要逮捕一个人啊，那相当于侵害了那人的人权，自然要负起责任。当时收集了我们都认可的证据，符合刑事诉讼手续才逮捕的，凶手绝对是他。"

"就是说，你现在仍然相信这三起案子是管家干的？"

他的表情变得僵硬起来，大声回答："那是当然！"为了表示肯定，还重重地点了点头。

在管家就是凶手这一点上，他深信不疑。我的推论开始动摇，并非慑于对方的身份或声势，而是因为他们的侦查工作严密且耗时长久。我则对侦查内容一无所知，很难不陷入怀疑。

我采访的量还远远不够。

要质疑这些专业人员的侦查工作，接下来就必须做一些越过他们的采访。

我向侦查队长致谢告别。

除了他，有没有考虑过其他人的可能性？我耳边又响起对方的回答："不可能。锁定了他，侦查才有了进展。"

果真如此吗？

我脑海中浮现出那份黑色文件。

四岁的松田真实

第三章

委托

照片中的圆脸女童身穿红色上衣，头发乌黑，戴着一顶小红帽。她应该正在参加运动会，表情有些紧张。

在另一张照片中，她戴着一个报纸叠成的头盔，望向镜头的眼神满怀信任。旁边是一面鲤鱼旗，应该是在端午节①那天拍的。这张照片拍摄不久后，一九九〇年五月十二日，这个年仅四岁的大眼睛女孩永远失去了未来。

自从开始采访，我就无数次地端详这些照片。这是我与女孩的唯一交集。她是个怎样的孩子？说话声音什么样？喜欢什么游戏？我都不知道。我很想去采访她的亲人，却连他们住在哪里都不知道。

我在北关东的案发地待了一个月，忙于"足利事件"的同时，也不忘对另外两起菅家已经供认却不予起诉的案件展开调查。他明明供认了三起案子，为何只起诉了一起？我询问了当时的一位侦查员，他站在玄关低声回答：

---

① 日本端午节是公历的5月5日。

"唉，菅家太可怜了，三起案子都起诉的话，就得判死刑了……"可如果真的是他杀害了三个年幼的孩子，判处死刑不是罪有应得吗？侦查员没底气的语气令人生疑。

最初发生的案件是一九七九年的"福岛万弥事件"。当时，五岁的万弥在市内一个神社失踪。人们再次发现她已经是六天之后。在渡良濑川河岸搜查的警察发现芦苇丛中有只旧帆布背包，包口微开，露出一个孩子的脚踝。那就是福岛万弥。她只穿着内衣，无外伤，是窒息死亡。

我先去了福岛万弥失踪的八云神社。神社内立着一棵高大的银杏树，绿意盎然，十分幽静。当时的福岛家与神社比邻，但二十多年以后的今天，福岛家早已被拆，成了一个停车场。我不知道他们搬去了哪里。

我在周围到处打听，不一定有用，可这是唯一的办法。我走进一家餐馆，老板虽然不知道他们的新住址，却告诉我一个新的消息——小万弥的亲戚常来这里用餐。我找到了小万弥亲戚工作的地方，跟他见了面。

对方直截了当地拒绝了我："万弥的家人已经不想再提这件事了。"我仍然恳求他转告万弥的父亲。后来万弥的父亲总算答应接受采访。我心里很清楚，事情已经过去太久，这次采访可能不会有什么收获。但为了不让这一丝微弱的线索中断，我还是做了万全的准备。

万弥的父亲福岛让依然清晰记得最后见到女儿的情景。

一九七九年八月三日中午,福岛先生从工作单位骑自行车回家吃饭,在八云神社看到了独自靠着围墙的万弥。神社内院一直是她的游乐场。万弥一见到父亲,立刻展露笑颜。福岛先生跟女儿说了会儿话。

"我跟她说:'万弥,要吃饭喽!'说完我就进屋了。那是我最后一次见她。万弥当时笑眯眯的。那时我要是把她带回家该多好啊。"福岛先生十分悔恨。

案发后的第十三年,有警察来联系他。"警察告诉我,一个叫菅家的男人被逮捕了,他招供了关于我家孩子的事情。那个年长的刑警对我说:'太好了,抓到凶手了。'可之后到底发生了什么,再没有人告诉我。"

对家属置之不理的情况在日本刑事案件中一直很常见。

我问福岛先生如何看待足利市发生的三起杀童案。

"这么一个小地方,会对小女孩下手甚至杀害她们的人不可能有很多。怎么会有人毫无人性地做出这种事呢?"说完他深深叹了口气。

万弥的母亲已经亡故。

警察当时拿走了好几张万弥的照片,说用于办案,至今仍未归还。家里仅存的一张照片上,眼神有些落寞的万弥有张圆圆的脸,与父亲长得很像。

"她笑起来很可爱,是个很活泼的孩子。"福岛先生有些失神地说。

"福岛万弥事件"发生后的第五年,即一九八四年,五岁的长谷部有美在被家人带去的弹珠游戏厅里失踪了。那天下午五点之前,母亲还见到有美在游戏厅门口玩耍,之后便下落不明。现场既无目击者,也无人听见哭喊声。一年零四个月后,有美在距离游戏厅两公里外的一块农田中被发现,彼时她已经成了一具白骨,死因不明。

小有美的父亲站在玄关看着我的名片,低头说道:"事到如今你还想问什么?我们当然不会忘记这事。听警察说,凶手抓到了。他们做得很好。我们虽然恨凶手,可带有美去游戏厅的是我们,我至今仍十分自责……"

发现有美遗体的那块农田的主人十分同情有美的遭遇,在田间种了桃树,每年春天,桃树总会开出艳丽的粉色花朵。

菅家在审讯时供认了万弥与有美的案件,之后却翻供了。两起案件最终不予起诉。

然而,当时警方召开的记者见面会与媒体报道却深深影响了民众的判断。我在足利市街头采访时,发现大多数人都相信这三起案件已经全面侦破,甚至部分家属也深信不疑。

唯一被起诉的"足利事件"是如何审判的呢?

一九九二年二月,宇都宫地方法院进行初次公审,菅家承认全部起诉内容。同年十二月的第六次公审,他却推翻了之前的供述。"审讯的刑警实在太可怕了,我就说了谎。"面对菅家在公审中的一百八十度大转变,他的辩护律师都乱了阵脚。

到了这个阶段,自供加物证的双重证据保障已失其一,可是供述调查报告并不容易推翻,连辩护律师都质疑菅家的否认是为了寻求减刑。翌年一月的第七次公审中,辩护律师提交了一份菅家再次承认供述内容的上申书。

我一向认为"上申书"这类定义不明的文件不可取。明明没什么法律依据,大家却认为它是"自己主动向上级机关提交的证明",仿佛在告诉大家:"无人逼迫,我是主动说明情况的,这就是证据。"

可是,提交了上申书的菅家在六月的第十次公审中再次否认了供述。

即便如此,侦查人员坚信不疑的物证——DNA 型鉴定——仍然是难以攻克的高墙。

"DNA 型鉴定"到底是什么?坦白说,此前我也一窍不通。当听到警察说,"通过 DNA 鉴定,凶手在现场残留的血迹与嫌疑人一致……",我就会认为"嫌疑人一定是凶手",对"DNA 鉴定一致=凶手"的公式深信不疑。

其实,这种认识大错特错。

请大家注意,我在上文提到的是"DNA 鉴定",而非本书一开始便多次出现的"DNA型鉴定"。加上"型"字是有意义的。因为这种鉴定形式就像血型鉴定,以型号分类,即按DNA型将人们分组,再进行识别。

如果一个人的DNA型与凶手相同,只能说明他有可能是凶手,因为其他人也有可能是同一型号,不能断言"他就是凶手"。大家总以为DNA型是侦查工作的直接证据,实际上并非如此。与血型相比,DNA型的种类更多,型号一致无法指认凶手,但只要当中有一点差别,就是证明清白的关键。也就是说,DNA型鉴定结果只能作为无罪而非定罪的证据。

另外,"DNA几乎一致"这样的报道本身就是错误的。最终结果只能是一致或不一致。

我拜访了大学教授、DNA型鉴定专家以及熟知相关知识的律师,查阅了艰涩难懂的专业书籍,才终于厘清了"足利事件"DNA型鉴定的前因后果。

"足利事件"的DNA型鉴定是在案发的第二年,即一九九一年实施的。

凶手的样本是前面提到的被害人衣服上附着的精液,对照样本是菅家丢弃的纸巾上的精液。

县警察局将这两个样本交给警察厅的附属机构科警研进行鉴定(顺便说明一下,另一机构科学搜查研究所,即"科搜研",则是日本各都道府县警察局的附属机构)。

当时被调到枥木县警察局担任本部部长的山本博一,在"一一七号"事件中,就是通过DNA型鉴定确认被害人身份的,因此他非常信任科警研的DNA型鉴定。

科警研在"足利事件"中采用的DNA型鉴定方法是"MCT118法"。这是科警研自主引进的方法,如今已不再使用。我择其要点简略说明此法。

人体细胞中有个细胞核,内部存在DNA。DNA遗传自父母,由碱基构成,碱基的排列结构因人而异。通过查明该结构重复的次数,便可完成个人识别,这项技术就是DNA型鉴定。而要实施鉴定,用普通的显微镜是办不到的。为了观察DNA,科警研使用了电泳装置。这个装置中最关键的是被两块玻璃夹着的果冻状物质,即聚丙烯酰胺凝胶(Polyacrylamide Gel),简称"凝胶"。

鉴定时,先从血液等人体样本中提取DNA。但提取的量不足以用来鉴定,需要通过"PCR增幅"技术让目标DNA数量增加,再用吸管将增量的DNA滴在凝胶上。

凝胶内部有极小的孔洞,一旦通电,DNA就会因其特性被正极吸引,在凝胶中缓慢移动,这个过程叫"电泳"。一断电,泳动便会停止。

由于DNA结构重复的次数不同,进行电泳的DNA前进的距离也相应有变。DNA分子越大越难移动,越小就能够穿过凝胶孔洞移动得越远。可是,DNA并无颜色,我们无法观察到电泳结果，因此还需要将凝胶染色。在紫外线照射下，与染料结合的DNA会发出荧光，DNA聚集的位置便清晰可见，形成"条带"。根据条带的不同位置，便可判定DNA的型号。

科警研将实验后的凝胶存照用作证据。根据他们的说法，MCT118法的DNA型在当时有三百二十五种。以往通过ABO与Lewis等血型系统进行的血型鉴定，重复率是三十分之一，与之相比，MCT118法的精确度有了飞跃式的提高。

而在"足利事件"中，鉴定结果显示，凶手与菅家的DNA型都是"16-26"，血型同为B型。DNA型与血型都吻合，达到了"1000人中仅有1.2人重复"的精确度。

鉴定结果的照片我也看了，不过看的不是原版，而是经过多次影印、图像已经非常模糊的黑白照片。照片上用红笔圈注的方框，应该是为了强调关键的条带位置。

科警研将凶手的DNA与菅家的DNA同时进行电泳，菅家的条带比较清晰，凶手的条带颜色较浅，看不太清。如果凶手与菅家是同一人，DNA在凝胶中泳动的距离应当完全相同。可无论我怎么看，总觉得两者位置不一致。

DNA型鉴定成为棘手案件的定罪关键，在当时非常受关注。菅家被捕的第二天，报纸就刊登出相关报道。

《DNA鉴定成为王牌》——在此次"足利事件"中，DNA鉴定成为王牌证据，直接影响嫌疑人的锁定与逮捕，在日本犯罪鉴定史上可谓首创。(《每日新闻》十二月二日)

《"微观侦查"一年半》——"DNA侦查"从多达四千人的可疑人员名单中揪出了嫌疑人。(《读卖新闻》十二月二日)

《侦查革命：与"指纹"比肩的DNA鉴定》——只需些许血液，便可在基因上识别一个人，这便是DNA鉴定。它是划时代的技术，可谓"与指纹鉴定技术比肩的侦查革命"，警察厅评价其为"二十一世纪犯罪侦查工作的核心"。为在全国县警察局推广这一鉴定技术，警察厅决定从明年起，开展仪器配置与技术人员培养的工作。(《读卖新闻》十二月二日)

日本电视台也播报了类似的新闻。

负责此次鉴定的是科警研法医第二研究室的M室长、主任研究官S女士，以及根据美国的研究引入MCT118法的K技术官。警方给予了这项全新的侦查技术高度评价，媒体也盛赞不止。

一九九三年七月，久保真人审判长判处菅家无期徒刑。

法院认为科警研的DNA型鉴定是"由拥有专业知

识、技术、经验的人员通过适当的方法进行的",高度评价"MCT118法DNA型鉴定一致的结果是非常重要的间接事实",决定对菅家从严定罪。

被告任由本能驱使,杀害毫无抵抗能力的女童,不仅猥亵其身体,还抛尸草丛,此行为可耻至极,必须从严问罪。

被告应当用一生去为年仅四岁零八个月便离世的松田真实忏悔,因此本庭决定判处被告无期徒刑。

这是一份不容辩驳的判决书。

坚持无罪的菅家提起上诉。从二审开始,熟知DNA型鉴定的佐藤博史律师负责辩护,成立辩护团,为证明菅家供述的可信度奔走。佐藤律师还对证据效力提出质疑,认为科警研研发时间尚短的DNA型鉴定方法存在问题。辩护团极力主张无罪,与高举DNA型鉴定盾牌的检方展开正面对决。自由撰稿

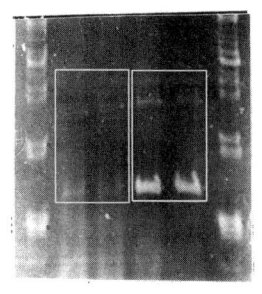

"足利事件"的凝胶照片
右框是菅家的条带,左框是凶手的条带。鉴定结果是上部为26型、下部为16型。左右梯状条形物被称为"123bp Ladder Marker",是决定样本DNA型的标尺。

人小林笃也曾为杂志撰文，质疑一审判决，随后就相关内容出书。在众多为警方与检方摇旗呐喊的媒体中，小林笃可谓孤军奋战。他对DNA型鉴定所做的详细调查，为我的采访工作提供了线索和参考。

然而，二审中菅家的无罪上诉仍被无视。

一九九六年五月，与一审一样，东京高等法院的高木俊夫审判长认同DNA型鉴定结果，驳回上诉。辩护团上诉至最高法院，于一九九七年提出申请，陈言"菅家与真凶的DNA型可能不一致，请求再次实施DNA型鉴定"。

二〇〇〇年七月十七日，最高法院以以下理由驳回该请求："MCT118法DNA型鉴定在科学原理上是正确的，具体操作是由掌握相关技术的专业人员通过科学可信的方法进行的。"自此，"足利事件"成为日本首例承认DNA型鉴定具有证据效力的案件，"最高法院平成十二年七月十七日决定"成为日后MCT118法鉴定的判例。DNA型鉴定完全正确、不容置疑的"神话"在这一天诞生了。

菅家被判无期徒刑，关押在千叶监狱。

梳理了一遍案情始末之后，我心中仍旧疑云密布。

警方办案时明明认定这是连环案件，侦破的却只有其中一起。他们认为菅家是三起杀人案的凶手，可手中的物证只有DNA型。

菅家从家中被带走后,警察搜查了他的老家与出租屋。在当时的新闻影像中,可以看到许多纸箱被警方收走。那么多纸箱中,难道没有别的物证吗?

有人始终相信菅家是清白的,一直在支持他。她就是足利市的西卷丝子女士,一位普通的家庭主妇。她曾给菅家写信,鼓励他在法庭上主张无罪。西卷女士以前也是幼儿园校车司机,不相信同为校车司机的菅家会杀害可爱的孩子们,便给看守所寄信,与菅家见了面。我拜访了西卷女士。

"菅家是个老实人,你见过他就会知道。他是那种只要人家强硬地说点什么,就会不自主地配合对方的人。"西卷女士说完,叹了口气。

审判结束后,警方返还了菅家的扣押物品。如今它们沉睡在西卷女士在枥木县租借的一个仓库中。

我与采访团队决定一同前往仓库,彻查这些扣押物品。

团队中,负责摄像的是资深摄影师手塚昌人。过去几年,从北海道到冲绳,我与他搭档过不少案件的调查报道,也被许多居酒屋拉入黑名单。高举收音话筒、脖子上挂着混音器的是音效师滨口真寿。他向来表情严肃,如果没有头戴式耳机,大家会误以为他是个便衣警察。这辆满载器材与团队成员的商旅车由中林康志驾驶。过去三十年,他曾驾驶新闻报道车赶往无数个事件现场,与我在各种场合有过密切合作。据说，他可以把车开过比车身还窄的小路。最后还有杉本纯子，我们一起出发，展开调查。

寒风中，我们把车停在光线昏暗的仓库门口，大家扛着器材，踩着吱吱作响的楼梯上了二楼。

一个角落里，蓝色罩布盖着数十只破旧的纸箱。箱体上贴着发黄的纸条："真实事件 No.〇"。估计是当时警方贴的，如今大都脱胶，被风吹起一角。封箱的胶带已经变得脆硬，我们噼里啪啦一通乱撒，打开了箱子。箱子里有菅家的上衣、裤子、运动鞋，还有录像带，一盒挨着一盒，密密地排在一起。我突然想起之前采访的那个侦查队长的话："我们有个非常优秀的警察，就是他打探出来的。真不得了，一个隐蔽的出租屋里堆满了萝莉控影片啊！"

菅家被捕后，有报纸写道：

> "嫌疑人菅家 四十五岁的萝莉控""租住在'周末的隐蔽住所'""这个'周末的隐蔽住所'里，到处是成人录像带与色情杂志，可以看出菅家的少女情结。"（《读卖新闻》十二月二日）

报道的消息来源可能是警方。据西卷女士所说，出租屋内有两百多卷录像带，其中也有正常的影片，如《寅次郎的故事》《夺宝奇兵》《座头市》。但警察没有理睬这些影片，查抄了一百三十三卷成人录像带。我们现在看到的每卷录像带都套着一个塑料袋，上面写着证物的编号。录像带的包装上印着年代久远的淫秽图像，画面上的外国女子或熟女冲着我们搔首弄姿。为方便记录，杉本纯子高声念出每一卷录像带的名字，手塚在一旁拍摄。"《排行前十的巨乳》《E罩杯说》《大胸的逆袭》《G罩杯飓风》《妹妹是荷兰奶牛》……"

我们把一百三十三卷录像带检查了一遍，发现全都是熟女系影片，没有一部萝莉题材。包装上明码标价，是市面上可轻易购得的商品。

当时有家录像店接受了采访，说菅家曾去店里租过录像带，一个留着松田圣子发型的可爱店员对着镜头说了一些话。我们找到了那家录像店。令人吃惊的是，已经过去十七年，站在柜台后面满面笑容接待我们的，还是当年的那个"圣子"。

她如今已经是店长。

"他经常来光顾，每周五都会来，所以我记得很清楚。"案发后就接受了警察讯问和媒体采访的她如今还清晰地记着当年的细节。菅家常借的是成人影片与黑社会影片。"成人影片嘛，就是现在流行的巨乳。黑社会影片就是东映公司拍的惩恶扬善的那种。你说萝莉控影片吗？警察也这么问过我。没有的，一部都没有。"她说，"这个客人总是笑眯眯的,来去匆匆。"

是否是萝莉控,是构成凶手画像的重要因素。

之后,我向当时的侦查队长提出疑问:"菅家真的是萝莉控吗?"这位前侦查队长笃定地说:"我们搜出了那种东西,萝莉控影片之类的。"我继续质疑:"我们也调查了,可是一部萝莉控影片都没有。"一听我这么说,他的表情显得有些僵硬,不再解释什么,只是强硬地说道:"他就是个萝莉控!"

我再三要求他提供证据,他不耐烦地说:"被害人都是幼儿园小孩啊!三个小女孩!他绝对是个萝莉控!"

他判断的根据与结论完全本末倒置了。

我又去了几趟渡良濑川的岸边,踏着沙洲上的沙砾,拨开芦苇四处走,来来回回走遍了每一处地方。菅家供述的杀人地点是水泥护岸,如今那里早被大小石块掩没。河流尽情流淌,仿佛要将真相一并带走。

为了找出案发现场,我决定实地测量。我手上有警察提交法院的现场勘测调查书中的图纸,可是现场范围太大,卷尺根本不够用。于是我在东京租了一个电子测量仪,扛着这个大家伙来到沙洲。

我请同事拿着反射棱镜与无线话机,站到上游那座橘色的田中桥和堤坝上,逐点反复测量。测量仪很精确,测量五百米内的距离误差值不过几厘米。

四个小时后，终于锁定了抛尸地点。

我将三脚架上的测量仪转了个方向，对准河的对岸，机器上显示出一个红色数值：二百零八米。观测器中显示的地点是河岸的一片芦苇丛。那是松田真实案发生的十一年前，福岛万弥的尸体被发现的地方。

此刻站在上游的田中桥看，两地位置尽收眼底：从群马县流经此处的渡良濑川上，有只白鹭展翅滑翔。两个女孩的尸体分别被丢弃在这条河的左岸和右岸，如此对称，隔河相望。

这是凶手有意为之吗？

我在小真实的抛尸地点敲进一根木桩作为标记，面向木桩，合掌祭拜。接着，我从口袋中掏出一只玩具小猫，轻轻地放到了木桩附近。前脚并拢、乖乖端坐的小猫仰着脑袋望着我。

后来，在一个月色朦胧的夜晚，我独自站在沙洲上。茂密的草木挡住了月光，脚下一片漆黑。我的眼睛好不容易适应了黑暗，却不是被石头接连绊倒，就是在湿滑的草坡上跌跤。我跌跌撞撞走到木桩处，耳边只听见芦苇在风中摇摆的声音。

有个四岁孩子在这里失去了生命。

每次一想到这儿,我就忍不住跑去现场。并非沉浸在伤感中,而是要去确认是否有所遗漏。案件发生在夜晚,我站在夜色里的现场,反复思考营家的供述是否与实际情况相符。

这是我查明真相的唯一方法。

那一晚我听着脚边草丛中微弱的虫鸣,在黑暗中向着木桩双手合十。

当天夜里,发生了一件事。

那晚我住在足利市的宾馆,大概太累了,睡得很沉。但我突然醒了,身体动不了,肩胛骨与脚踝仿佛跟床连在了一起,腹部和大腿再怎么使劲也无法动弹丝毫,脑袋也无法转动。这时,意识还算清晰的我突然察觉到什么。

床的周围有动静。

有好几个……小孩。

都是小女孩。

有笑声。

这几个小女孩在我床边蹦跳玩闹。

虽然很奇怪,可我居然不害怕,依然躺在床上,感受着她们的快乐。

就在这时,一个小女孩说话了:"喏,给你!"

她递给我一个盒子——之前明明无法动弹的我,不知为何已经坐在床沿,伸手接过了这个铁皮盒子。

"你把盒子打开,好吗?"

把小盒子放到我手上的圆脸小女孩歪着脑袋抬头看着我,乞求我打开它。

这好像是个装糖果或饼干的可爱铁皮盒子,不过不是普通的四方形,而是个房子,确切地说,外形上是个房子,盖子就是斜屋顶。房子通体金黄,还画着色彩斑斓的瓦片与门窗。

我在小女孩的乞求声中伸手要去揭开盖子,这才发现盖子边缘缠了一圈透明胶带,盒子还有点生锈了。

我摸索着找到胶带头,慢慢撕下它。胶带非常柔软,在我手中一点点展开,缓缓从盒子上剥落。我用指甲抠住盖子边缘,稍一使劲,打开了……

就在这时,我醒了。

我还好好地躺在宾馆的床上。一束阳光照在一旁的小圆桌上。我摇摇晃晃地起床,拉开窗帘,渡良濑川就在眼前闪着波光,一如往日。

我的手心满是汗水,手上还残留着铁皮盒子冰冷粗糙的触感,以及慢慢撕开胶带的感觉。

"你把盒子打开,好吗?"

一个稚嫩的声音在我耳边回响。那个孩子真的跟我说话了。

我真的听见了。

第四章
决断

渡良濑川的河边公园

我不想说那种天真的话，比如梦里我从小女孩手中接过盒子后，突然有了前进的动力。但这个梦令我非常震惊。

第二天，我将这个梦告诉了大家，与他们有一搭没一搭地说着话，内心却开始有些懊恼。

最开始追踪这起案件，是因为我推测菅家被冤枉了。诚然，对前侦查队长等人的采访一度让我有所动摇，但随着采访的深入，我越发坚信自己的判断。

而这么久以来，我一直埋首于"足利事件"的采访调查，忘了一件很重要的事。直到昨天，梦里出现了好几个小女孩，从其中一人手中接过盒子时，我才意识到，我要追踪的是"北关东连环杀童案"，而不单单是"足利事件"。

藏在那个"铁皮房子"里的人不可能是菅家。我现在要做的，是去掀开那个"铁皮房子"的盖子，查明谁是凶手。要达到这个目的，就必须将菅家从整个"北关东连环杀童案"中排除。他被定罪后，其余四起案件就被束之高阁。只有证明他无罪，侦查机关才能重新启动对真凶的侦查工作。

或者，我应该听从梦里小女孩的建议，绕开侦查机关，亲自"打开盒子"，去寻找凶手。

我想到几个查验菅家自供可信度的方法。

首先是案情还原。

"足利事件"发生在五月十二日，当天的日落时间是下午六点三十六分。我们要在相同时间段内完成实验，尽可能地还原当时的情景。菅家供述自己用自行车载过小真实，这辆车后来与扣押物品一起交给了西卷丝子女士保管，我便从她那儿借来了这辆车。

那是一辆蓝色的小轮径自行车，有着白色的车座，两个圆形的车灯，这样的车型市面上已经很难找到。车身锈迹斑斑，车胎瘪了，车灯也不亮了，我只好先请人修理。

要骑这辆车的是杉本纯子，她身高一米五五，体重四十五公斤，体型正巧与菅家相同。我们又在自行车后座准备了一个与小真实体重相同的十八公斤重物，用橡皮带捆好。

晚上七点，也就是菅家供述的与小真实搭讪的时间，杉本纯子按下挂在胸前的秒表，骑车离开光线昏暗的游戏厅停车场。摄像机一路跟拍。

根据菅家供述的路径，杉本纯子使劲蹬着自行车，骑上了通往堤坝的斜坡。这时她突然大叫起来——斜坡上，后座的重物导致自行车前轻后重，前轮差点翘起，车把摇晃不定。如果没有亲自尝试，不可能知道还有这样的细节。

杉本纯子在堤坝上调转车头，开始下坡前往河边。菅家说，他在这里握住了手刹，被侦查本部认为是"秘密的暴露"——只有凶手可知的事实。可这是个非常陡的斜坡，握住手刹很有可能只是菅家的猜测。说是"秘密的暴露"并不严谨。

杉本纯子骑到了河边棒球场的后挡网位置，右拐，到丁字路的尽头后下了车，支起脚架。

据菅家交代，他牵着小真实走进芦苇丛中，在水泥护岸上将其杀害，移走了尸体。

杉本纯子抱着十八公斤的重物，将其从杀人现场运到了抛尸现场。满地的碎石让她好几次走掉了鞋，还不时被杂草绊倒。手塚手持摄像机倒退拍摄，也举步维艰。之前为了标识现场打下的那根木桩，事先被安装上了闪烁的小红灯，可芦苇茂密，我们仍旧找了半天才找到。杉本纯子为了赶上菅家供述的时间，在黑暗中全力从抛尸现场奔回自行车处，整个人快累虚脱了。

之后，菅家顺路去超市买了东西才回家。超市营业到晚上八点。他说自己购物大概用了十五分钟时间,换言之,我们必须在七点四十五分之前抵达超市。杉本纯子在夜路上拼命骑行,上了田中桥,过了渡良濑川,在街上狂冲,终于在规定时间内到达超市。

站在明亮的超市里,我们的衣袖和裤腿上沾满了杂草,鞋子也很脏。菅家若真像他供述的那样行动,当时的样子想必跟我们现在差不多。

按停秒表,我们开始计算时间。最后得出的结论是,从菅家遇见小真实到抛尸,只有三十分钟。他得在这三十分钟内引诱小真实到沙洲,然后杀了她,其中还包括猥亵、搬运尸体、把衣物扔进河里等行为。虽然不能断言三十分钟内"无法完成犯罪",但可以肯定的是,时间会非常紧张。

我们还做了另一个调查——核查购物小票。

一条五厘米宽的纸卷在我们手里一点点展开,那是超市购物小票的备份,白纸紫字,如今已经看不到打印这种小票的收银机了。

小票日期是一九九〇年五月十二日——案发当天。菅家招供后,警察检查了购物小票,查证他是否购物。菅家的辩护团同样对小票进行了查证。我们也必须亲眼证实。

当时店里有三台收银机。

一天营业下来,小票纸卷多达数十卷。我们一一展开,详细确认购物时间与商品明细。作案之后,鞋上带着泥、身上沾着草的菅家买了饭团、炸肉饼和罐装咖啡。据调查书所示,"罐装咖啡约一百九十克,一罐九十五日元。饭团包裹在莎纶透明包装纸中,一个一百日元左右"。

我们寻找匹配的购物记录,发现那段时间一千日元的购物记录只有六条,没有与菅家供述一致的记录。

警方当时也没能证实菅家的这段供述内容。

整件事很不合理——一个刚刚杀了人的男人,为何要匆匆赶到超市,特意花十五分钟买饭团和炸肉饼?辩护团详细调查小票备份后,指出在当天下午三点零二分有条大概一致的购物记录。这个时间比菅家供述的早了五个小时,或许这才是菅家真正的购物时间。辩护团将其作为无罪的证据,可二审时,法院认为被告的"供述相当含糊","当日的购物行为很难确定",没有证据价值。

刑事案件的审判结果不是"有罪"就是"无罪",而在此案中,不利于有罪判决的证据似乎都以某种理由被排除了。判决书写着被告的"供述相当含糊",可又承认杀人的供述是准确的。这样的审判记录很难不让人疑窦丛生。

在"足利事件"的大量调查书中,有几张令人疑惑的画出自菅家之手:一幅线条笨拙的简笔画,画的像是一条草履虫,实际上是只鞋;一张画的是橡胶鞋底,画出了鞋底纹路,鞋头有透气的小孔,蓝白相间。画旁有一段菅家

手写的说明:

> 平成元年在附近商店购买。
> 这是我杀害小真实时穿的运动鞋。

这会不会又是一件定义不明的东西?所谓的鞋印证据,为什么是简笔画?

查阅了其他的调查书后,一件事引起了我的注意。调查书中有警方在案发后绘制的抛尸现场图,图上标有①至⑨的数字序号。遗体头部位置是序号①和②,发现衣物的河边是序号③和④。其余数字星星点点地分布在沙洲上。

这些数字莫非是足迹的编号?

日本电视台于案发后拍摄了一组新闻,在影像中可以看到鉴定人员在现场浇注石膏,提取足迹。立在公园秋千附近的一块黑色方形数字板上,序号从㉕一直排到㊿,这意味着警方提取了大量的足迹。可是,最终图上仅保留了①至⑨。

为何会这样?

或许警方认为只有这九枚足迹是凶手的。尸体被发现的地方是芦苇丛,鲜有人踏足,获取凶手的足迹并不难。只要得到清晰的鞋印,便可以进一步锁定鞋子的款式和购买渠道。可如果警方已经调查到这个地步，为什么还要菅家画那张简笔画呢？

我们走访了足利市的鞋店，打听当时的情况。

有人告诉我们："当时有两个刑警拿着鞋底样子的图，问店里是否卖这样的鞋。"另一家店里的人说："警察手里有鞋子的照片，他们知道是什么样的鞋子，也知道鞋子的厂商。我店里没有，但量贩店里大概卖一千九百八十日元一双。"

我向当时的侦查队长问起过鞋底图的事："当时现场有鞋印对吧？"

我紧盯着对方的眼睛，等了好久，他才回答道："应该没提取到吧……"

"不是发现了好几处吗？"

"完全无法提取啊。有些地方还是水泥地。"

沙洲可不是水泥地。

"就在发现尸体的地方，抛尸现场图上标着①至⑨处鞋印。"

"那大概是……提取了吧。"对方眼神开始飘忽不定。

我直截了当地问道："所以菅家的鞋并不符合对吧？"

他沉默了。

"你们应该知道凶手的鞋是什么样子，都拿着照片去鞋店打听了。"

"……对，我们知道。"

"菅家有那双鞋吗？"

"这个嘛……我已经记不得了……"对方开始躲避我的话题。

如果菅家有双同样的鞋，那就是个非常关键的证据，警方可以从鞋底的磨损程度等方面证明两者是否完全一致。可是入户搜查后，警方没找到那双鞋。我们翻遍了警方扣押的纸箱，也没找到和简笔画一致的鞋。

这太奇怪了。举个例子，虽然我知道我的鞋底是登山鞋专用的特殊硬胶鞋底，可突然让我凭空来画鞋底的图案，除非记忆力特别好，否则不看实物肯定画不出来。难道有人让菅家看着某些资料画出了鞋底？

我们继续追踪走访。

案情还原之后，我们开始查证目击证词。可疑的是，审判资料中没有目击证词。案发当天是周六，弹珠游戏厅里客人很多，傍晚的渡良濑川岸边应该也有不少人。然而，当时侦查员走访了周边街道、停车场、住宅，却没找到案发当天见过菅家的人。前侦查队长将原因简单归结为菅家"个子太小，太不引人注意"。

周六傍晚，我站在河堤边的公路上，注意到这条路的人流量、车流量都很大，车辆来回穿梭，行人很难横穿马路。案发当年渡良赖川上只有上游的那座田中桥，因此这条路经常堵车,很多时候甚至会堵到弹珠游戏厅门口。

我查看了当时的新闻影像,发现警方接连几天都在此处进行交通盘查。

一个摇摇晃晃骑着小轮径自行车的中年男人,一个身穿红裙、坐在后座上紧紧拽着骑车人衣服下摆的小女孩,特征如此明显的两个人在拥堵的马路上穿行,不可能没有一个目击者。

二审判决中,法院判定:"没有确切的目击者也不足为奇。"

果真如此吗?

有不少人依然清晰记得当年的事。这是足利市发生的第三起杀童案,女孩失踪后的翌日清晨,人们就发现了尸体。那段时间,市内警车穿行、警察到处盘问、警方与媒体的直升机在城市上空盘旋,大家都会不由自主地回想那天傍晚自己在干什么。尤其是男性,他们要找出自己的不在场证明。

我们采访了很多人,没有一个说自己看到疑似菅家的男子,乃至一个大人骑车载着一个小女孩的场景。

可是,有人目击到了其他重要场景,并在案发后向警察提供了目击证词。令人难以置信的是,证词凭空消失了,最终变成"该事件无目击者"。当时警方对其中两人的证词做了详细核查,给出了一份上百页的调查书。

其中一人就是住在渡良濑川堤坝附近、经营商店的吉田先生（化名）。案发当天，他从傍晚六点多便一直待在河边，在草坪那儿做高尔夫挥杆练习。

"我无意间抬头往堤坝方向看了一眼，见一个男人牵着一个小女孩走了下来。他们是从堤坝的斜坡上走下来的，两人手牵着手。"

牵着手走下来的男人与小女孩。不是骑自行车。地点也不是调查书中所写的菅家骑车下来的坡道。堤坝的一边有一段水泥台阶，台阶尽头是一片长草的斜坡，吉田先生说他们就是从那里走下来的。从那片斜坡一直往前走，会走到一个有秋千的公园；而堤坝另一边的上坡路一直延伸到弹珠游戏厅门口。换句话说，这两人从店里出来，一路步行到有秋千的公园，这个路径假设十分合理。

"那个男人并不年轻，但距离太远了，我看不清他的脸。孩子嘛，大概四岁的样子。他们俩去的地方后来不是发现了尸体吗，我就想，那个男的很可能就是凶手。"

吉田先生并不知道菅家的供述内容，一直以为被警方逮捕的人就是自己目击到的男人。我问他那个男人长什么样。吉田先生叹了口气说："看上去很机灵，瘦瘦的。对了，感觉跟鲁邦三世①很像。"

---

① 日本漫画家 Monkey Punch（本名加藤一彦）的漫画系列作品《鲁邦三世》的男主角。

一个很像鲁邦三世的男人。我脑海里立刻浮现出漫画中那个高高瘦瘦的角色形象。

这形象与菅家毫无相似之处。

突然我想起了些什么,从包中取出一样东西给吉田先生看。

吉田先生的反应令我信心大增。

当天目击到这个男人与小女孩的还有一位姓松本(化名)的家庭主妇。警察询问时,她答道:"那个小女孩大概四岁,身高一米左右,不胖不瘦,穿着条红裙子,上衣的颜色也很鲜艳。"

松本女士在学校做过美术老师,她根据印象画了一幅素描。这幅铅笔画成的黑白素描中,天空云朵低垂,左侧有一座延伸至远方的堤坝,中央是一大一小两个横穿草坪的身影。两人从画面左侧走向右侧。

大步前行的男人就是那个很像"鲁邦"的人,因为离得远,面目不清。他身边跟着一个穿裙子的小女孩。两人前行的方向,就是发现尸体的现场。

我看着素描上的"鲁邦",脑海中浮现出一个女人手握铅笔快速作画的情景。她对这两人的印象到底有多深?她当时是否强烈地感觉到他们可能是凶手与被害人?我非常想见见这位女士,核实警方调查书里的目击信息,获取案发当天更多的细节。然而松本女士已经搬离足利市，住所不明，经过多方查找依然无法得知她的去向。

我目不转睛地盯着画中小女孩飞扬的裙角。

红色裙子……这个小女孩一定就是小真实。

傍晚六点半左右，有人在弹珠游戏厅附近最后一次看到小真实。之后，河边一个穿红裙子的小女孩被目击到。照此推断，"鲁邦"才是真凶。

县警察局也许这样考虑过，所以才有了那份针对吉田先生与松本女士的厚达一百多页的调查书。可是，这些材料没有作为检方证据被递交庭审。

我向当时的侦查队长提出这个疑问，他说："不对。那些证词根本不可信。好多内容都是他们随口胡说的，根本靠不住。他们压根儿没记住人长什么样。那个男的说自己亲眼见过这两人，可他关于两人服装、发型的证词几次都有出入……"

我觉得不对劲，可是又没有反驳他的证据，只得作罢，空留"消失的证词"几个字在脑中徘徊。

我返回渡良濑川的岸边，站在吉田先生当时练习高尔夫的草坪上。水泥台阶下的斜坡杂草丛生，有被人踩踏过的痕迹。我想象着酷似鲁邦三世的男人牵着小女孩走下斜坡的场景。

我坐到堤坝上，俯视那个有秋千的公园，整理思路。

眼前是一片开阔的草坪,到处可见仿佛会钻出鼹鼠的小土堆。一股久违的青草香扑鼻而来。

没有人看到"骑自行车的两个人",却有人看到"步行的两个人"。一个主妇看到了在秋千附近走动的两个身影,留下了一张素描。如今秋千的座椅已经没了,只剩一个蓝色的秋千架。案发之后,鉴定人员在这一带用石膏提取了足迹……想到这里,我灵光一闪。

我立刻奔向车站,乘坐东武铁道的特急两毛号列车返回东京都,在车上拼命回想着某个影像里的画面。日本电视台保存的"足利事件"相关材料我都看过,在案发地周边询问的刑警、交通盘查的情况、现场的航拍、提取足迹的鉴定人员……但我好像在这些影像里错过了很重要的东西。

一回到台里,我直奔报道局,冲到存放录像带的柜子前快速翻找起来,终于找到一卷录像带。我将录像带放入播放机中,按下了播放键。

画面中出现的就是那个公园。那时已是案发数天后,禁止入内的黄色警示带在风中摇晃,秋千还在。警察手持警棍在巡逻。画面中出现了一个立式告示板,是专为寻找目击者而设的,上面有小真实的面部特写与她穿红裙子的照片。镜头顺着告示板上的文字慢慢下移,我握着遥控器,按下了暂停键。那块告示板上写着:"小真实曾经从这里走过,有印象者请与我们联系。"

这说明,栃木县警察局有一段时间的确认为松本女士看见的红裙女孩是小真实。录像带外壳上标记的采访日期是吉田先生与松本女士向警方提供证词的几天之后,也就是说,根据他们的证词,警方做出了红裙女孩是小真实的推断。然而,被逮捕的菅家居然供述自己骑车载着小真实,从那一刻起,"步行"的目击证词就变得碍事了。

我已经收集了足够多的材料来质疑"足利事件"。但关于菅家是否清白,我还是无法十分确定。根据我的推论,菅家不可能是凶手,可若他果真清白,当初为何要认罪?难道他在审讯中连一天都撑不下去?我记得供述调查书中有这么一句话:"去年五月十二日我确实杀害了小真实……"调查书末尾还有一个苍劲有力的签名:警察本部刑事部侦查一科H警部。旁边还盖了印章。

"确实杀害了"……

这句话仿佛在我心上扎了一刀。

虽然我认为菅家不可能是凶手,但菅家的确供述过自己杀了人。他如今在上诉中主张无罪,可万一他是个摇摆不定、充满妄想、自相矛盾的人呢?我贸然做一个本来难度就很高的冤案报道,是不是太草率了?

报道冤假错案的记者和媒体本就少,更没有记者会去追踪一个已经尘埃落定的判决。这样的调查一旦开始,就意味着要跟逮捕嫌疑人的警察、起诉的检察官、判刑的法院对抗。

这类案件的采访调查也极其艰难。采访逮捕方和起诉方,得到的回答都是套话——"没错,他就是凶手。""我们对侦查非常有信心。"采访被逮捕方更是困难重重。即便最终报道公之于众,也会成为"不靠谱的新闻",因为知名媒体手中的消息大多来自官方。

在日本,各类消息通过政府机关的通报以及记者俱乐部等机构流向媒体,装点着每日的新闻,如"官房长官在首相官邸……""据厚生劳动省统计……"等报道。普通案件、事故、灾害等由各辖区内的警察局来管,一旦发生案件,记者就会聚到警察局,采访副局长等人,或者跑到侦查员的宿舍或住所采访。尽管侦查员不会承认不利于侦查机关或自己的事,还会要求记者不许见报,但他们是记者非常重要的消息来源。通过这种途径获取的消息各家媒体没什么差别,偶尔,个别媒体会抢到独家新闻。

从此类官方渠道得到的消息就是所谓的"靠谱的新闻",提供担保的是"上头"。从各个方面来讲,这样的报道安全性很高。也有人质疑媒体的自主性去哪里了,可某种意义上,这也是无奈之举——总是有大量的案件、事故发生,记者的数量却远远不及警察或消防官兵,要媒体全方位监督日本一切动向,从某种意义上说是荒谬的。最理想的情况是,国民信任国家,国家则充分予以国民知情权。整个系统正常运转时,日本国家机关发表的内容基本属实,若有人质疑,可直接核查。

现实虽如此,但倘若媒体一味倚仗上头的担保,只做消息的搬运工,后果将不堪设想。的确有些记者只采访那些既不去现场,也不见嫌疑人和被害人家属的侦查人员,就做出了"二手"报道。

换句话说,媒体的查证能力非常重要,尤其在做无法得到担保的冤案报道时。

如果一个记者在报道某起案件的逮捕、起诉、判决过程时采纳过警方的官方信息,一旦开始报道这起案件的冤案可能性,便会陷入左右为难的境地——如果被告人无罪释放,这样的结局固然令人惊喜,可万一这人真是凶手呢?倘若接下来又发生类似案件,谁来负责?

这类情况曾经发生过。

二十世纪七十年代初期,发生了一起"东京圈连环杀人事件",东京都及千叶县内数名女性被强暴并杀害,作案手法一致。

一九七四年,一个名叫小野悦男的男人被捕,他本已招供了几起案件,却因警方的审讯方法被曝出问题,媒体逐渐倾向于相信这是一起冤案。一审判决中,小野被判无期徒刑，可一九九一年东京高等法院却做出了无罪判决的决定。释放后的小野在记者见面会上控诉审讯的恶劣，媒体在报道中将其塑造为冤案的代表人物。

然而，五年之后，小野再次因谋杀罪被捕。他杀害了同居的四十一岁女子，割下其头颅并抛尸，最后被判无期徒刑。这个结局让警方一雪前耻。

可是，因为"一事不再理"原则，这样残忍的人只被判处了无期徒刑而不是死刑。刑事案件中，同一案件已经判决便不允许再次审理，小野悦男之前的那些案件只能沉睡在黑暗中。他的辩护律师与冤案支持者心中可能五味杂陈，那些报道了冤案可能性的媒体应该也无法忘却这段苦涩的经历。

形形色色的障碍伴随着冤案报道，可我这次面临的障碍却有所不同——我根本无法采访到案件的关键人物菅家。

我决定去一趟千叶监狱。

柏油马路的尽头是一堵红色砖墙，中间是双开的灰色大铁门。我在围墙前一幢小屋内填写了自己的姓名和住址，同行的还有杉本纯子和菅家的支持者西卷女士。确切地说，是西卷女士带我们来的。我们把手机和随身物品放进大门后的寄存柜，走入会面所的等候室。

然而，我们只能止步于此。

监狱刑务官身穿肃穆的制服,金色徽章和纽扣锃亮无比。他板着脸说:"法务省最近下达了通知,会面只限亲属及以前探访过的人。"

"可是菅家本人目前提出了无罪上诉。"我说,言外之意是质问他,是不是不打算让菅家说出自己无罪的主张?

刑务官始终面无表情,像戴了一张能剧的面具。我请他把通知拿给我们看,得到的回答是"不行"。

最终,只有西卷女士一人进了接见室。我与菅家仅隔数米,却被硬生生地拦住了。

西卷女士的会面结束后,我们一同离开监狱。我回头看了一眼身后的红色砖墙,它依然冷酷地巍然耸立。

要采访菅家,只剩一个办法——通信。

我和杉本纯子开始不断给菅家写信,试图从字里行间去获取菅家本人知道的内情。

从那堵红色高墙中寄出的信纸一角上,盖了一个小小的"回"形印章,那是经过审查的记号。

敬启
我是菅家利和。

信纸上的文字比我写的还秀丽工整。

> 我是清白的。我没有杀害小真实。
>
> 我很希望与清水先生您见面，可惜无法办到。从今年六月开始，我就不能见新的来访者了。这是监狱的规定，不能违抗，实在抱歉。

菅家完全没必要向我道歉，我这么想着，继续往下读。信中他提到了H和Y两名刑警的名字。负责审讯、写调查书的是H警部。

> 我无法原谅这些刑警。那天早上，我还没有起床，他们就闯入我家，对我又打又骂，还拿出素未谋面的小真实的照片给我看，一边打我一边让我谢罪……

从菅家的信中我得知他被带走时的情况以及自供的实情。

一九九一年，四十五岁的菅家住在枥木县足利市那处之后被媒体报道为"隐蔽住所"的出租屋中。听西卷女士讲，菅家的父母住在足利市中心，为了方便去幼儿园上班，菅家在外面租了一个小屋独立生活，不过他也常回父母家过夜，最后变成只有周末才会回到出租屋。

"菅家在家吗？我们是警察！"十二月一日清晨，屋外传来了怒吼声与敲门声。

破门而入的是侦查一科的三名刑警,其中就有 H 警部和 Y 刑警。

  他们一脚踢开了地上的暖桌,命令我原地坐下,然后大声吼道:"菅家,你是不是杀了一个孩子?"

还穿着睡衣的菅家说自己没有杀人,可体格壮硕的 H 警部突然肘击菅家的胸部,菅家向后倒去。

  我一直否认,可他们认定就是我干的。

Y 刑警从上衣口袋中掏出一张小真实的照片给菅家看。菅家在新闻和报纸上见过这张照片,这才终于明白警察说的是哪起案件。

  他们叫我谢罪,可我没有杀人啊。为了给死去的小真实祈福,我双手合十对着照片拜了拜,结果他们说:"都这样了还说不是你干的!"

菅家以"非强制"的名义被带去足利警察局接受盘问。可"非强制"不过是个表面说法,那天菅家原本要去参加朋友的婚礼,却被强行带上了警车。

审讯室中,H警部一口咬定菅家就是凶手。"我看就是你干的!""我们非常熟悉那片区域,凶手就是你!"

他们还给菅家用了测谎仪。

H警部说:"如今可是科学侦查的时代了,我们知道是你干的。"说完拿出了DNA型鉴定的报告。

> 无论我怎么解释自己没有杀人,他们都听不进去。他们在桌下踹我的小腿,还用力向后抓着我的头发骂道:"不许给我装傻!"

审讯进行到了深夜。Y刑警态度比较温和,他说:"菅家,如果你真干了,能不能老实说出来?"而一旁的H警部一直在暴躁地咆哮:"你怎么就不能自首呢?""早坦白早解脱!"

菅家身心俱疲,再也坚持不住了。

> 我当时只想解脱,便说自己去过弹珠游戏厅。

H警部一听,神情立即缓和下来,不再像之前那么咄咄逼人。菅家感到自己已经无法回头,在严刑逼供下终于崩溃,将头靠在Y刑警的大腿上,流下不甘心的泪水。

我太想从审讯中解脱出来，所以做了虚假的供述。我太软弱了。

凌晨时分，一张逮捕令摆在了菅家面前，他的手上被铐上银色手铐。手铐很轻，给菅家带来的心理冲击却很大。三叠大的拘留室里，菅家蜷缩在粗布棉被中，为今后的命运感到不安，彻夜难眠。

严苛的审讯持续了多日。H警部逼迫菅家承认足利市另外两起杀童案也是他干的。

"就是你干的对吗？"H警部咆哮着，双手抓住菅家的膝盖用力摇晃，将坐在椅子上的菅家摇得前后乱颤。自暴自弃的菅家将三起案件都认了下来。他成了连环杀童案的凶手。

菅家每次都会在信中写道：

DNA型鉴定搞错了。
我希望再做一次鉴定。

每封信都必须经过监狱检查。对他们来说，一个已经判了刑的人，与其申冤，不如端正态度，争取早日假释。可是，菅家在信中坚持要再做一次DNA型鉴定。

被捕两个月后,菅家才获准同外界通信。他从宇都宫的看守分所给母亲和妹妹写了许多信,我得到了阅读这些信件的机会。那时的菅家还十分害怕所里的检查,只敢在信中隐晦地表达自己无罪的事实。

> 这里好冷,我的脚冻僵了,身体也疼,没有自由。我已经受不了了。刚来的时候,我被要求脱去衣物搜身。我从来没有被如此残酷地对待过,我真的非常懊悔。
> 你们应该都认为这搞错了吧?请一定相信我。
> 我好想快点离开,好想回家。我会再给你们写信。

翻阅这些信件时,一封信的末尾引起了我的注意。

> 我还剩两千日元的税没交,麻烦你们帮我交一下。我给市政府添麻烦了,税金就拜托你们了。

菅家身陷囹圄,居然还在担心自己滞纳的税金。

我决定去见一见逼供的H警部和Y刑警。H警部当时是侦查一科的资深警察,案发后被特派到足利警察局当侦查主任。我翻遍枥木县的老旧电话簿,终于找到他们。

H警部早已退休,在宇都宫市一栋灰色的房子里安度晚年。刚见到他,我便记起了这张脸。

我在指认犯罪现场的新闻影像中见过他。当时菅家被带到渡良濑川岸边,身边站着的黑脸刑警就是H警部。如今的他与当年一样,体格健硕,目光如炬。

"菅家正在上诉,说自己其实是清白的。"我说。

"审判是公开公正的。就算你现在来采访我,我也不可能说出'他不是凶手'这样的话。"H警部双手抱胸,直直地盯着我。

我告诉他,菅家在信中控诉他对自己又打又骂,他的面部抽搐了一下,摇了摇头,说:"我要是这么做了,就得被抓去审判了。我是组长,还是指导助理,得负责指导刑警。当时的侦查是正确的,我们不可能动手。"

我又问了他DNA型鉴定对办案过程的影响。

"当时DNA型鉴定刚兴起不久,我们也不太懂。我们没有依靠这个鉴定去破案。"

可H警部当时是以"科学侦查"为武器逼迫菅家招供的。

"B型血的人一抓一大把。我们还做了其他细致的侦查工作,结果几百号人当中其他人都有不在场证明,就他没有。我们各方面都查过了,不会因为找不到凶手就乱抓人。万一以后在庭审上发现抓错了人,或者又冒出来个凶手怎么办？"他讲话像在兜圈子，可是又带着一股不容置疑的自信。

我又去见了Y刑警。他也从警察局退休了，如今在一家大医院工作。他还记得菅家在审讯过程中哭泣的样子，拍着自己的膝盖说道："菅家靠着我的膝盖，就是这儿，哭了大概四十分钟，我的裤子都被他哭湿了。我当时想，终于落网了。我非常确定他就是凶手……"

菅家在信中说他流下的是不甘心的泪水，可到了Y刑警这里，泪水的含义完全变了。

"我们的侦查事无巨细。菅家自己也招供了。他一定是凶手没错。"Y刑警笃定地说。

这是一桩可能被判死刑的重案，菅家却无法坚称自己无罪。在那个小小的审讯室里，他的无罪主张以及任何解释都入不了警方的耳朵。

栃木县警察局曾发生过一起类似案件。

二〇〇四年八月，一名男子被捕，起因是夏季神社祭祀活动现场一个小纠纷引发的暴力事件。此人后因涉嫌四月与五月发生在足利市的两起抢劫案再次被捕。当时嫌疑人头戴露眼防寒帽、手持刀具，分别抢劫了面包店与超市。就在侦查毫无进展之际，被捕的该男子认罪了。

虽然没有任何物证，可检方得到了该男子的供述调查书，遂提起诉讼。审判开始时该男子承认了供述内容，检察官以"无法令其洗心革面"为由，要求判处他有期徒刑七年。直到这时，该男子才在法庭上说自己是被冤枉的。

他说："我忘记说我没有抢劫了。"他患有某种程度的智力障碍。

二〇〇五年一月，另一名男子被捕，认下了上述两起抢劫案。警察在男子家中搜出他犯案时用的露眼防寒帽与刀具；现场提取的嫌疑人足迹、被害人的目击证词也都与他吻合。枥木县警方只得承认之前抓错了人。

放眼全日本，因为自供造成的冤案并不少见。

二〇〇二年，富山县发生一起强奸未遂案，一名司机被当作嫌疑人，连续三天在审讯室接受审问。办案刑警对已经濒临崩溃的司机说："你家人都说了肯定是你干的，你就招了吧。"他早已无法思考，稀里糊涂认了罪，被判有期徒刑三年。后来别的县警察局抓到另一名男子，对方承认了那起强奸未遂案，真相终于大白。

二〇〇三年，鹿儿岛县发生了一起无罪之人同时招供的案件——"志布志事件"。几个在县议会选举中当选的议员被认为以烧酒、现金等物贿赂选民，因涉嫌违反《公职选举法》被逮捕、起诉。可这十二个人实际上都是清白的。

"自供是最大的证据"这个古老又落后的侦查原则，至今依然束缚着侦查人员。"令其招供""令其开口""令其坦白"的说法十分常见。

可在《日本刑事诉讼法》里,"自供"与"令其招供"是不一样的。

《日本刑事诉讼法》规定,嫌疑人供述了对自己不利的事实,可以成为证据。但人们普遍认为,嫌疑人不会故意说对自己不利的谎言,于是有了下列条文:

> 以强制、拷问或胁迫得到的自供,通过不正当地长期拘留或剥夺自由之后得到的自供,以及怀疑不是出于自由意志的自供,不得作为证据使用。(《日本刑事诉讼法》第三百一十九条)

也就是说,本人的"自由意志"是关键,不可以"令其招供"。而证明自供是非强制性的重要文件,便是前文提过的上申书。只要把"警察没有强制问话,是我本人主动招供的。"这句话作为"非强制性的证明"写上,上申书便有了效力。这正是我一直认为它可怕的原因。

日本曾发生过根据自供判处嫌疑人死刑,后来却改判无罪的案件,如熊本县的"免田事件"。这是日本第一起做出死刑判决后改判无罪的案件。

一九四八年,熊本县人吉市发生一起抢劫杀人案,一对夫妇被杀,他们的两个孩子受了重伤。警方先因别的案件逮捕了免田荣,后因此案再次逮捕他。当时他二十三岁。经过数日审讯,免田招供,被判死刑。可一九八三年,免田被无罪释放。

当时我立即飞往熊本对他进行采访。

被释放后的免田暂住在福利院。在一间和式房间接受我的采访时,他眼中蓄满怒火。

"那完全不是审讯,根本就是残忍的拷问。他们为了逼我招供不择手段,我又冷又饿,怎么可能忍受得了……"

案发次年一月,免田在球磨川上游的山中采伐木材。一个寒冷的深夜,他在朋友的小屋睡觉时,刑警突然来了。

"五个刑警带着手电筒突然闯进来,问我案发当天在哪里。我刚被叫醒,脑子还不清楚,答得很含糊,于是他们让我去警察局一趟。"他后背被枪顶着,走在森林铁路的铁轨上,被带到了人吉市警察局。

审讯室中,免田竭力回忆自己的不在场证明,刑警却充耳不闻,反而将免田套进他们自己杜撰的"故事"中。

"他们很过分,斩钉截铁地对我说:'杀人的就是你!我们手中有证据!'我一否认他们就殴打我,说什么'这里跟外面可不同,你就是欠收拾!'然后用脚踢我,抓着我的头发将我在地上来回拖拽。"

"你只要坦白自己杀了人,我们就让你睡觉。"

在冰冷的审讯室中,两天没有吃饭睡觉的免田被扒光了衣服,跪坐在地上,双手被倒铐在身后。他身上又痛又冷,几乎快昏厥过去。刑警们用警棍击打免田的腹部和下颌,还在一旁烫着烧酒自斟自饮。

当时免田有杆父亲的猎枪,用来吓唬偷吃粮食的乌鸦和麻雀,刑警们拿持有枪支的事威胁免田,说:"猎枪的事一旦让美军知道,你就会被枪毙!"在混乱的战后时期,这句威胁十分致命。他们还欺骗免田,"你是初犯,只要认罪,可以判缓刑,很快就能被释放"。对法律一无所知的免田根本毫无选择。

最终,他"被"招供了。

免田被强行带去案发现场配合勘查,虚构出了一条根本不存在的逃跑路线。他承认了刑警捏造的"故事"后,刑警们突然关心起他来,对他说"这段时间辛苦你了",还给他端来了热气腾腾的乌冬面。

免田被捕一个月后,案件正式开庭。

刚进法庭的免田一眼便看到旁听席第一排坐着的对他施暴的刑警们。他刚被威胁过:"你要是不老实认罪,就会下地狱,会被判死刑。"在对审判的程序及意义一无所知的情况下,免田当庭认罪。

直到第三次公审,免田才主张无罪,说自己当初是被逼供的。可是,熊本地方法院已经下达死刑判决,福冈高等法院和最高法院都驳回了上诉。

免田并没有放弃。他六次提出再审申请。在辩护团的调查下,他的不在场证明得到了证实,之前被迫虚构的逃跑路线也露出时间上的破绽。同时,检方丢弃了案件中作为证物的凶器砍刀与免田衣物的事浮出水面。再审的大门终于开启。

"再审申请成功时,你知道检察官是怎么说的吗?他说,老是让死刑犯活着,才会发生这样的事……"

一九八一年,再审开始了。

在之后的庭审上,为了维持威信,检方再次请求判处免田死刑,发言长达六个小时。免田在庭上做出了这样的最终陈述:"我绝对是清白的。检察官拿着那份我实在忍受不了才签字的虚假供认调查书,认定我就是凶手,要求判我死刑。对此我无比后悔,也很不甘心。""我想活命,更想要真相。这三十四年里,我天天活在死刑的阴影下,只想在有生之年洗掉这个污点。请大家一定要相信我。我是清白的。"

这番陈述下,免田赢得了无罪判决。检方终于在释放指挥书上签字,还了免田自由身。

我和免田气喘吁吁地在深山里攀登,想去看看当年他被捕的地方。

可当我们抵达时,只看到一片郁郁葱葱的杉木林。警察破门而入的小屋和森林铁轨早已不见,唯有高耸入云的杉木间漏下星星点点的阳光。

岁月似乎抹去了一切,又以另一种方式铭记着过去。

我对免田说,这片斜坡上的参天大树不只是普通的杉木,它们代表了他失去的时间。听了这话,他愣住了,缓缓走向身旁的一棵大树,脚下的落叶沙沙作响。免田轻轻抚摸着树皮,仰头向上望去。"都长这么高了……"

阳光从树叶缝隙中洒下,免田脸上的皱纹清晰可见。

在"免田事件"中,我明白了现场采访的重要性。有些事,你必须去现场亲身感受才能知晓。

我还学到了一件事——世上没有"绝对"一说。假如免田没有坚持不懈地提出再审申请,他恐怕早就被执行死刑了。

"免田事件"的翻案影响了其他死刑案的再审判决。不久后,"财田川事件""岛田事件""松山事件"[①]在再审中获得无罪判决。

免田说,他在福冈监狱目送了七十多名死刑犯。当

[①] 1950年,日本香川县三丰郡财田村发生强盗杀人案;1954年,静冈县岛田市发生诱拐杀童案;1955年,宫城县志田郡松山町发生纵火杀人案。"免田事件""财田川事件""岛田事件""松山事件"被称为日本四大死刑冤案。

时，刑场设在一栋紧挨着监狱的木造建筑内，从监狱能听见执行绞刑的声音。免田就是听着这个声音，在牢里日复一日地煎熬着。

"那些人里也有无辜的人，跟我一样不懂什么法律，被人骗着招供了。"免田低声说道，"你知道为什么会发生冤假错案吗？因为警察只要破案就可以拿奖状奖金。破了一起大案，有罪判决一下来，自己就能出人头地了，还可以上报纸呢。"

免田冤案发生的根本原因也许是战后社会纷杂、侦查工作过于草率。但谁能保证这种依赖自供的侦查与审判模式没有延续至今呢？

很长一段时间内，采访"足利事件"成了我工作的重心。足利、太田、桐生、佐野、宇都宫、前桥、小山、鹿沼、下馆、那须……我成了JR与东武铁道的常客，有时也自己开车。寻访相关人员的间隙，我依然与菅家保持通信，不断收集和整理资料。

一天，杉本部长突然来找我。

他带我去见了一个人——原警视厅的长官，一个很有经验的侦查老手，对媒体也十分了解。杉本部长希望我听听多方意见。

我把做了圆形标记的地图、年表等资料在这位长官面前铺开，将我对连环杀童案的推理一一详述。

"有点意思，我都不知道有这样的连环案。"对方身体前倾，仔细听我讲述。

然而，当我提到其中一起案子已经侦破，物证是DNA型鉴定，嫌疑人也招供了……他仿佛被一股无形的力量拉回了椅背。我立刻明白，他的兴趣已经消失了。

他说想先看看详细资料，我便将所有材料整理好给了他。看完后，他回复道："资料我都看了，人肯定是他杀的。证据是DNA型鉴定，绝对不会有错。"

一击即溃。

杉本部长什么都没说，由着我继续采访下去。

人人都认定DNA型鉴定"绝对不会有错"，可随着调查的深入，我还是找到了破绽。

上文提到，DNA型鉴定中，同型异人的可能性是存在的。

而且，随着后续数据库样本的增多，MCT118法变得越发不可靠。菅家被捕时，血型和DNA型与凶手一致的概率达到了"1000人中仅有1.2人重复"，到一九九三年，此概率已经上升为"1000人中有5.4人重复"，相差四倍之多。根据菅家辩护团的推算，同一DNA型的人，在足利市达两百多人。

科警研的实验方法也被指出存在重大问题。

在他们的鉴定中，需要使用一种叫作"123bp Ladder Marker"的标尺。在聚丙烯酰胺凝胶中让123bp Ladder Marker与DNA同时电泳，以此为基准读取DNA的型号。可据信州大学研究者于一九九二年"DNA多型研究会"上公布的研究成果显示，123bp Ladder Marker在凝胶中无法正常电泳。

一名法医学者给我简单做了解释。"123bp Ladder Marker的刻度过于粗暴。举个简单的例子，就像你想要测量一厘米的东西，标尺的刻度却是八厘米的。而且刻度本身并不精准，这是最致命的。"

科警研承认出现瑕疵后将标尺更换为"Allelic Ladder Marker"，可同时又表示，之前用123bp Ladder Marker做的DNA型鉴定是没有问题的。

这是怎么回事？

据科警研所说，依据一定的规律，旧标记物的结果与新标记物是对应的。《科学警察研究所报告》中写道：

> 123bp Ladder Marker与Allelic Ladder Marker在聚丙烯酰胺凝胶中的移动呈规律性对应，因此，之前使用123bp Ladder Marker方法得到的DNA型与使用Allelic Ladder Marker方法得到的DNA型是相互对应的。

这段话可以理解为，旧标记物与新标记物是一一对应的，因此旧标记物下的型号可以变更为新标记物的型号。然而，报告上又说："比较型号后发现，123bp Ladder Marker 下的 14 型是 Allelic Ladder Marker 下的 16 型，（中略）型号偏移了 2 到 5 个数值。"这相当于承认了之前的数值有误。

科警研认为，可以将之前的鉴定结果增加 2 到 3 个数值来置换，例如，14 变成 16，16 变成 18，26 变成 30。可在这种情况下，18 不是可以变成 20 或 21，30 变成 34 或 35 吗？连外行人都会质疑用有缺陷的标记物做出的鉴定是否能够得出正确结论，与其做这种复杂的置换，为何不再鉴定一次？

科警研偏不这么做，只做了书面上的数值变更。他们在论文中提到"型号变更"一事时已是一九九三年八月，也就是菅家一审刚结束不久。这样一个时间点，仿佛是在等待"足利事件"的判决一样。

我曾在上文提到，MCT118 法是科警研的 K 技术官在美国的大学研究 DNA 型鉴定后，在科警研独立运用的方法。MCT118 法则是在一九八九年引入侦查工作的，一九九一年八月因"足利事件"正式投入实践。菅家被捕后不久，警察厅说："从下一年度开始，我们要完善仪器的配备、推进技术人员的培养工作。"一切就像是计划好的一样。

而经过这次标记物更改，凶手与营家的DNA型都变成了"18-30"。

上诉过程中，辩护方将此次标记物的更改作为问题提了出来。

一九九四年，科警研的主任研究官S女士作为证人出庭，关于123bp Ladder Marker显示错误型号一事，她做出如下说明："当时除了123bp Ladder Marker，再无其他选择。我们认为它可以正确标识出DNA型。但是，随着DNA各项研究的发展，大家知道了DNA结构会影响泳动的距离……可在当时，我觉得全世界没有任何一个人意识到这点。"

她坦然地承认了标尺出错的情况。可法院似乎十分信任科警研，最终没有质疑型号变更的问题，对营家做出有罪判决。之后的终审中，"最高法院平成十二年七月十七日决定"确定了MCT118法鉴定的证据效力。

我一开始就很介意"鉴定"这个词。DNA型是由工作人员读取的，所谓鉴定，其实是一个人工行为。

假如DNA型鉴定是科学的，就应该如营家主张的那样，再鉴定几次。只有做了无数次实验都能得出同一结果，才能叫作科学鉴定。

终于到了将这个案子制作成节目的时刻,我坐在办公桌前思考着。

名为"采访"的飞机已经驶出停机坪,走完了滑行道,开始在跑道上滑跑。接下来要判断是否起飞。在做调查报道时,决断非常重要。值不值得报道,决定着记者的生死。

一旦我报道这可能是一起冤案,就等于跟日本司法正面较量。如果能开启"足利事件"的再审之门,便是真正意义上的"撼动日本"。

可再审需要明确的新证据。

"足利事件"的新证据是辩护团于一九九七年悄悄对菅家实施的 DNA 型再鉴定。菅家将自己的头发装入信封,送出监狱,委托日本大学医学部的押田茂实教授进行鉴定。再鉴定用了新标记物和不同类型的凝胶,最终鉴定结果是"18-29"型,并非早前得出的与凶手一致的"18-30"型。

从数值上看,两者只相差"1",可是型号的数值表示碱基序列的重复次数,两者实际上是相差甚远的型号,指向完全不同的两个人。

同时,押田鉴定中得出的只是菅家的 DNA 型,要得到凶手的型号,必须用法院保管的小真实衬衣上的精液实施再鉴定。但就算这只是一方的 DNA 型，也是重要的证据。

我将两张纸并排放在桌上。

一张是菅家的供述调查书，上面写着"我确实杀害了小真实……"。

另一张是菅家给我的信，写着"我是清白的。我没有杀害小真实。"。

我想起几天前发生的事。

就在我把那个铁皮盒子的梦告诉采访团队的第二天，大家乘车前往现场时，中林如往常一般手握方向盘，告诉我："清水，昨晚她们也到我房间里来了。那群小女孩。她们光脚在我房间里走来走去。"

我在办公桌前摊开双手，手上有种奇妙的感觉在复苏。

"你把盒子打开，好吗？"小女孩的声音仿佛还在耳边回响。

第五章
报道

在渡良濑川沙洲祭拜的被害人家属

要报道"足利事件",我必须再见一些人——松田真实的家人。

我看过案发当年的新闻报道,小真实的父母并未接受媒体采访,但媒体拍到了他们在葬礼上悲伤的身影。

他们如今应该在某个地方安静度日。一想到要把他们再次卷入旋涡,我就不由得产生抗拒。可是,要准确报道这件事,必然会出现被害人的姓名与照片,我必须得到家属的理解。

倾听最微弱的声音,这是我采访的第一要则。而在这起案件中,能够代替被害的四岁小真实发声的,只有她的父母。

从一开始我就在寻找松田一家,找到他们的一个熟人后,便拜托他替我转交信件。

一个凉意渐浓的秋夜,我的手机响了,对方是我一直在等的人——小真实的母亲,松田瞳女士。

慌乱中,我想要感谢她的来电,电话那头的松田女士却说:"请你不要再给我们写信了,这让我们很困扰。我们不打算接受采访。我给你打电话就是为了说明这点。"

我像被人狠狠扇了一巴掌。就在我搜肠刮肚地寻找合适的措辞时,对方又开口问道:"事到如今,你还想干什么?"

是啊,为何非得从记忆深处将惨痛的往事再挖出来呢?我能理解这种痛苦。可我也知道,若就这样结束通话,便意味着报道到此为止。我只能继续说下去,希望她感受到我的诚意。

被害人与记者之间难免存在隔阂,我能做的,只是一点一点拉近和他们的距离。

通话时间在一点点延长。松田女士的声音从电话里传来,那仿佛就是小真实的声音。她不再那么抵触,开始听得进我说的话。或许她也想对我说些什么。我心中抱着一丝希望,努力组织着语言。我感觉她好像要向我传达什么——然而就在此时,电话断了。

没有任何征兆,我十分愕然,仿佛被一根拉紧后突然断掉的橡皮筋猛弹到脸上。

发生了什么?

是我说了什么不该说的话,还是提了不该提的事?我慌乱地回忆着。也许作为被害人家属,无论我问什么,她都会十分难受。我茫然地握着手机,感觉自己身处一个蜡烛燃尽的山洞,无边的压迫感向我袭来。那天晚上,我彻夜无眠。

第二天,我依然沉浸在沮丧的情绪中,无数次拿起手机,看着通话记录中那个未知来电提示①,很是不甘,仿佛手机就是那个四周被胶带缠死的铁皮盒子。

夜幕降临,未知来电的提示又出现了。我默默数着铃声,数到第五下时,按下了接通键。

手机里传出来微弱的声音。"昨天真是抱歉,手机没电了……"

我下意识脱口而出:"我一直在等您。"

那天之后,松田女士又给我打了几次电话,我们终于约定在郊外的一家餐厅见面。

餐厅里播放着流行音乐,时不时传来碗盘刀叉相碰的声音,几个家庭在这里度过稀松平常的一天。一个角落里,松田女士第一次与记者面对面。

我把名片递了过去,松田女士低语道:"如今我说再多又有什么用?凶手不是早都抓到了,你为什么还要来采访呢?"

我把在电话中说过的话又重复了一遍:"狱中的营家说,这是一起冤案……"

---

① 日本手机有隐藏号码的功能,设置后,给别人打电话时不会显示号码,而会显示"非通知设定"的未知来电提示。

虽然是事实,一旦说出口却变得很残忍——这大概是被害人家属听到的最糟糕的消息。

"现在才说这种话……我相信那个男人就是凶手。"

"他现在在申请再审。您去旁听过庭审吗?"

"现场有媒体,所以没去。新闻应该报道了,但我不知道,也不想知道。"

松田一家遭遇过严重的报道伤害。媒体在他们痛失爱女的绝望时期包围了他们家,日夜不停地拍摄,连守灵夜与葬礼都进行了直播。

"事情发生后,我们家一直窗帘紧闭。外头都是媒体,晾在阳台的衣物挂了两个月都没能取进来。身边的人都很照顾我,从不让我看电视和报纸。"

那些日子,她的耳边总是回响着人们的质疑:为什么要把孩子带到弹珠游戏厅?!

"面对媒体与社会的中伤,我背过身,不听,不说,换了住所,也换了工作。现在,我不再相信任何电视、报纸、杂志。这十七年间,我一直沉默……"

警方没有告知松田女士详细的犯罪过程。为了旁听第一次公审,他们夫妻俩去了法院,可刑警拦住他们,说:"里面媒体很多,你们最好不要进入法庭。"两人只好回去了。关于菅家的供述内容与判决,松田女士还是从我这里得知的。

"那个叫菅家的男人不是已经承认了罪行?"

"没错,他当初是招供了。"

"是他把小真实带走的吧?刑警告诉我他是这么说的。"

"他说,是骑着自行车把小真实带走的。"

松田女士脸上露出惊讶的表情。"什么?自行车?不是走路吗?"

"不是,他说是让小真实坐在后座上,审判也是沿着这个思路展开的。"

"后座?"

"嗯,就是自行车后面的那个座架。"

"不可能啊!小真实还不会坐自行车的后座呢。"

"是吗?"

"她不会坐啊。她只能坐自行车上的儿童椅。"

小真实很喜欢自行车,出事之前,家人一直骑车接送她上保育园,当时小真实还没学会坐后座,自行车上放置了儿童椅。

这是只有母亲才知道的事实。

随着交谈的深入,我们彼此对事实的了解、菅家供述内容的矛盾点、侦查工作的可疑之处都清晰起来。我甚至向她说了自己对 DNA 型鉴定以及没有目击者的疑惑,她也感到疑点颇多。

这时,我问出了一个最想问的问题:"小真实是个什么样的孩子?"

我发自内心地想了解这个无缘一见的孩子。问的时候,我下意识捂住夹克的口袋,里面放着女孩们的照片。

松田女士叹了口气,说:"她很喜欢猫咪之类的小动物,家里养了两三只。有一只黑白相间,像熊猫,她睡觉时要双手抱着它……"

案发当天,小真实就是在弹珠游戏厅的停车场找一只褐色小肥猫。

"或许你会说,父母眼里孩子都是完美的,可她真的是个很聪明的孩子。四岁零八个月的时候,就已经会加减法了。"说到这儿,松田女士脸上终于露出一丝笑容。我忍不住想象,脸蛋圆圆的小真实认真地掰着指头数数的样子。

松田女士手握玻璃杯,继续往下说:"为什么偏偏是她?这是命吗?那时的她就像一个小天使。我一直在想,对一个天使下手,根本不是人!小真实是那么无辜……"她的脸上浮现出无限寂寥的神情。

我在餐厅门口目送松田女士离去。是我让她回忆起了这些事;是我在一个坐满了就餐家庭的餐厅里,请求她正视案情。

可是如果菅家是冤枉的,我必须报道出来。

被害人家属会心平气和地接受这一切吗?只要告诉他们,你们一直以为是凶手的人实际上是无辜的,就可以了吗？告诉他们搞错了，这一切就可以结束了吗？

怎么可能。

因此，必须抓住真凶，只做冤案报道就是半途而废。

我冲着松田女士的背影，深深鞠了一躬。

两个月过去了。

十二月一日，冷风呼啸的午后，松田女士站在渡良濑川的堤坝上。不久之前，这里还是她不愿回想的地方，现在，她来了，右手紧握一捧粉白相间的花束。

她身边有两个十几岁的孩子。他们是小真实的妹妹和弟弟，在案发两年后相继出生。

他们都知道自己有个姐姐，却是昨天才知道姐姐是怎么死的。松田女士选择告诉孩子们真相。

她的决定令我心口一紧——这一切都源自我的采访，源自我执意要追寻的真相。

在松田女士看来，接受媒体的采访毫无意义。话筒齐刷刷地伸到面前，好多相机不停地拍。"请您说一下现在的心情。""您对凶手怎么看？""你们为什么要带孩子去弹珠游戏厅？"……在这样的声音中，他们把家搬了又搬。可无论怎么搬，总有记者找上门来；对凶手进行逮捕、起诉、判决时，家里的电话与门铃总会响起。松田女士不愿原谅媒体，不想跟媒体再有瓜葛。

可如今，手塚扛着摄像机站在松田女士面前，摄像机上的红色显示灯亮起，机器安静地运转起来。

这个瞬间让我明白，人原来是很坚强的。

"我以前，来过一次这个地方……"松田女士静静地说。那是小真实被人们发现之后。"当时媒体在这里蹲守，警车过来时，他们就紧贴着警车。"

今天，我们要步行前往河边。

松田女士牵着两个孩子走下堤坝，沿着棒球场朝沙洲走去。望着这三人的背影，我忍不住想，松田女士这样一步一步向前走，是怀着什么样的心情呢？

我将他们三人带到那根木桩前。我毫无顾忌地称作"现场"的地方，对松田女士而言，却是女儿的丧命之地。

松田女士蹲了下来。

摄像机没有进行正面拍摄，而是在稍远的位置捕捉她的身影。手塚熟练地操作着机器，滨口将混音器的音量开到最大。

冷风萧瑟，枯萎的芦苇和芒草在风中沙沙作响。

出人意料的是，最先掉下眼泪的并不是母亲，而是从未见过小真实的妹妹和弟弟。

麦克风在潺潺的流水声中清晰地收录了他们的对话。

"来，向姐姐打个招呼，告诉她你是弟弟。"

弟弟的眼泪滴入脚下的沙土中。

松田女士继续说:"她当时很害怕吧。天都黑了,被陌生人带到这样的地方……"

妹妹抽泣着说:"我好想见一见姐姐……为什么遇害的会是她呢?"

"妈妈也不知道。妈妈好希望老天爷把她还给我。她若活着,今年也二十二了……"

松田女士将手腕上的银色手镯摘下,轻轻地放在祭奠的花束上。"就当给她过个成人礼吧……"

双手合十的松田女士双肩轻轻颤动着。她的啜泣声在流水声中依然清晰可闻。

滨口戴着耳机,眼眶泛红。

妹妹喃喃说道:"姐姐虽然只活了四年,可这四年里,她与爸爸妈妈在一起一定很快乐。所以,妈妈你不要责怪自己。我很高兴有过小真实这个姐姐……"

我仰头望天。冷冽的风中,阴云密布的冬日天空在我眼里渐渐模糊。

这样做真的对吗?

我打破了他们十七年的岁月静好,妹妹和弟弟一夜之间知道了一起他们本可以不用知道的案件,主角是他们的姐姐。

我不知道这么做到底对不对。但我听到了一个微弱的声音:"为什么遇害的会是她呢?"

我要把这个声音传递出去。

节目正式定名为《ACTION：撼动日本》，在二〇〇八年一月播出，杉本部长担任总制片人。

当天，临近黄金时段，名为《"连环杀童案"的真相》的特别报道播出。

报道的目的是提出连环案的可能性。

我们整理出五起案件的共同点，例如诱拐地点大多是弹珠游戏厅，小真实与万弥的抛尸地点隔河相望等。得到五个家庭的许可后，我们在报道中使用了五个被害人的名字与照片。

这次报道还传达出了被害人家属——渡良濑川沙洲上的母子三人——的声音。

而关于冤案，报道有两个疑点。

首先是菅家含糊不清的口供。我们尽可能在节目规定时长内放入所有疑团，例如没有目击者、没有"秘密的暴露"、没找到购物小票等。

我曾在现场让松田女士看了菅家的那辆自行车，问她有什么想法。她低头看着自行车的后座说："小真实坐在这上面吗？我们每次送她去保育园时，都让她坐儿童椅，我实在无法理解她会坐在后座上。"

第二个疑点是DNA型鉴定。要让观众理解这个鉴定很难，在对佐藤博史律师的采访中，他强调早期DNA型鉴定的精确度很低。最关键的是要将菅家希望再做一次鉴定的信息发布出去。

这次报道时长四十多分钟，由导演田中尚执导，他的老搭档杉浦润子负责剪辑。报道开头是五个案发地点的航拍。不久前我从东京起飞，在直升机上完成了这次航拍。

当时，直升机在东京湾上空绕行了一大圈后，离开了市中心的上空，前往埼玉县，短短二十五分钟就到达足利市上空。

手塚用遥控器操控着摄像机，画面中出现渡良濑川的河岸。我对照足利与太田的拼接地图，确认下方的位置，手中还拿着一份飞行计划。

两千英尺
- 渡良濑川　从下游前往上游方向
- 运动公园　盘旋
- 从弹珠游戏厅飞往案发现场

三千英尺
- 栃木与群马的县界
- 沿着日本国道前往太田市

我从文件夹中取出另一张纸递给杉本纯子，那是要在空中播报的内容。由于机内噪音巨大，我们都头戴耳机，我只能边说边比画，让她把上面的内容念出来。杉本纯子用洪亮的声音对着收音话筒读出了这段话："北关东的一个城市里，发生了连环杀童案。数名小女孩在这里失踪，甚至被杀害。"

飞机窗外是一望无际的北关东地区。从上空俯视这片土地，它既辽阔又渺小。

日本电视台 S1 摄影棚内搭起巨大的节目背景，观众席上坐满了五十位报道局的工作人员，我们也在其中。无数照明灯投向舞台，报道开始播放。

"如果服刑人菅家是清白的，就意味着这五起案件全部没有侦破。"

这句话使用了新闻报道中罕见的"如果"句式，在摄影棚中回响。

报道播出"服刑人菅家希望实施 DNA 型再鉴定"的消息时已经接近尾声，紧接着画外音响起："我们将彻查这五起杀童案。如果是同一人连环作案，凶手很有可能仍逍遥法外。"

结束后，我拿起话筒做了一番简短的解说，以明确我在此次报道中的责任。

《ACTION：撼动日本》就这样开始了看似鲁莽的冤案报道。日本电视台在网站主页上新设了节目的专属版块，我与杉本纯子则开了追踪连环案的博客。

节目播出后，我意外收到了菅家的来信。监狱的多人间里有电视，可以在规定时间内收看节目。

> 我看了你们的节目，回忆起不少当年的事情。我对当时警察的粗暴行径十分愤怒。

菅家也看到了站在渡良濑川岸边哭泣的松田母子三人，他在信中写道：

> 小真实的父母好可怜。我决不会原谅凶手。

他在信中再次请求重做DNA型鉴定。

第二期报道在午后节目《新闻特辑》中播出，时长十七分钟。这个时间段应该会有不少家庭主妇收看。

我们收到了各种各样的反馈。有的很惊讶："我竟然不知道有这样的案件！"有的评论道："查证供述内容真伪的场面很有趣。"也有人提出质疑："这样的节目可以播出吗？最高法院不是都判决了？""你们打算怎么结束这个报道？"报道节目没有脚本，要怎么完结，我不知道。唯一能做的，是原原本本地将采访到的事实报道出去。

另一方面，我们陷入孤立无援的境地。节目播出后，并没有激起什么水花，一个跟风报道都没有。

这时，我想起了一个人，立刻打电话过去。

"喂，你好。"

T先生是个可靠的新闻记者，我还在杂志社工作时就已经跟他成为朋友，我们一起采访了"桶川事件"。

我在电话里跟他说明了北关东案的具体情况，没想到他的反应十分冷淡。"那个……我最近比较忙。"

"这个案子很快就会引起轰动，其他媒体也会迅速跟进，我们合作调查吧！"

"不好意思，真的不好意思！等真引起轰动了，我再给你打电话好吗？再见！"

我不怪T先生，他的反应，是其他记者也会有的正常反应。

倍感孤单的我，完全没料到接下来的事会如此令人措手不及。

二月十三日，节目播出一个月后，"足利事件"的再审申请被驳回。

这份申请在宇都宫地方法院被搁置了五年，偏偏在冤案报道不久后立刻裁决了。

根据日本大学医学部押田教授对菅家头发的鉴定,菅家的 DNA 型与科警研得出的凶手 DNA 型不一致。辩护团将这个事实与小真实死因的疑点作为新证据提交,但宇都宫地方法院的池本寿美子审判长否定了押田的鉴定结果。否定理由很奇怪:

> 没有证据证明鉴定材料中的毛发来自申请人本人。

这么一个结论竟然花了法院五年的工夫,鉴定人员听到后都很吃惊。我只能认为,这是因为法院不愿面对再鉴定的结果。

再审申请被驳回的第二天,佐藤博史律师去了一趟千叶监狱。

北风呼啸,他裹着围巾站在监狱的大门口流泪说道:"如果老天可以实现我的一个愿望,我希望菅家能无罪释放……"说完,他转身消失在那堵红墙之后。

我后来听说,菅家得知这个结果后,低头哭泣不止。

深夜,节目筹备间里空空荡荡。四周静悄悄的,与白天判若两样。

报道才刚开始,再审申请便被驳回,这对我来说是个天大的打击。眼下我担心的不是节目要不要播下去，而是会不会是我们的报道让法院仓促地做出错误的决定。这样的自责让我很不安。

梦中的铁皮盒子在我脑中萦绕不去。那个眼看已经开了一条缝的盖子，又啪的一声合上了。

走廊传来了笑声，仿佛警方和其他媒体的嘲笑。台里也有人对这个报道表示担忧。这些声音兜兜转转传进了我的耳朵："真的是冤案吗？""就算是冤案，想要在节目中推翻判决，根本就是痴人说梦。""清水是昏了头……"

调查报道如果不见任何结果，例如让侦查机关承认报道内容或让其他媒体进行后续报道，就相当于没人承认它。

我原本要报道整个"北关东连环杀童案"，可一个"足利事件"已经出师不利，让我陷入了进退两难的境地。菅家与辩护团向东京高等法院提出了再审的即时抗告，对此我却不敢抱太大希望。再审之门不仅没打开，反而被彻底焊死了。我不由得想起千叶监狱那扇沉重的铁门，以及那位身穿笔挺制服的刑务官。

就这么半途而废吗？

杉本部长知道菅家的再审申请被驳回后，没有中止报道。我坐直身体，从上衣内侧口袋中掏出记事本，轻轻翻开，看着五个小女孩的照片。

不行。我还没找到真相,必须想办法突破。

我要从头再来。

《再审申请被驳回背后的疑团》,这是下次报道的标题。再审申请被驳回的理由太不充分,我们的报道不会停止,我们坚持要求 DNA 型再鉴定。我相信一定会找到突破口,至少会有转机。

一个清晨,转机来了。

前一天我采访到很晚,上床时天已经快亮了。九点多时,我迷迷糊糊地起床,发现手机在响。拿起来一看,是个不认识的外地号码。我接起电话。

"你好,我叫松本。"

松本?我像被雷劈到似的瞬间清醒了。

消失的目击证词!对方是跟目击者松本女士有关的人吗?难道是松本女士的丈夫?

他听起来非常愤怒,将我劈头盖脸臭骂了一顿。"你是怎么知道我在哪里工作的?""你为什么现在还要采访?""这个案子不是已经破了吗?"对方态度强硬,抛出一个又一个质疑。

自从看到松本女士那张素描后,我就非常想采访她,只要有机会,就一直寻找她的新住址,可一无所获。不过,采访过程中我意外获知了松本女士丈夫以前的工作单位，于是往那里寄去了一封信。这封信辗转多时，终于送到了松本先生手里。

案发十八年后，媒体突然寄来一封信，令他十分不快。但他生气还有更深层的原因。

"你们这群人根本不值得相信！"松本先生的声音震得我耳膜嗡嗡作响。案发后，松本女士作为目击者配合警方办案，去了案发现场，参与了查证工作，配合警方完成了调查书。可她配合完的那天晚上，他们家厨房后门闯进了一个陌生记者。

当时足利市发生了数起伤害儿童的案件，凶手下落不明，居民们生活在恐惧中，而松本夫妇正好就有一个与被害人年纪相仿的孩子。一个善良的目击者的姓名与住址居然被泄露给了媒体记者，他们夫妇又怒又怕。

其实只要警方不泄露，记者不可能知道松本女士的存在。问题应该出在栃木县警察局的情报管理上。可松本女士的丈夫把一腔怒火全倾泻到记者身上。

"你们这些媒体人，只会考虑自己，自私自利，只会见风使舵！"

我握着手机的手心满是汗，一时不知怎么办才好，只能默默听着松本先生的严厉指责。

"这个案子不是已经结案了吗？你们的报道要慎重啊！万一那人真是凶手，你们不是白忙活吗？"

一个多小时后,电话终于挂了。我低头看了眼手机,发现上面留下了松本先生的手机号码。这条比头发丝还细的线索,也许就是我的突破口。

几天后,我厚着脸皮给松本先生打了电话,不出所料,又被骂了一顿。不过他说,如果我打算道歉,他愿意见我一面。

于是,我和杉本纯子提了盒点心当见面礼,前往松本先生的公司。

到了接待室,一个很面善的女人满脸笑意地迎了上来——松本先生将夫人一起请了过来。

我费尽心思四处找寻的人,此刻就在面前。

松本女士将案发当日的情况告诉了我们。

那天傍晚,天微阴,松本女士带年幼的孩子到渡良濑川岸边的公园玩耍。附近的草坪上有个男人在练习高尔夫球,那就是提到鲁邦三世的吉田先生。松本女士陪着孩子在秋千附近寻找四叶草,无意间一抬头,看见橘红色的夕阳下,一个小女孩与一个男人远远地走了过来。

"那个小女孩迈着小碎步,紧紧地跟在那个男人身边,二人非常自然,就像正常的散步。孩子看上去很放松,很信任地跟着那个男人走。"

那时差不多是下午六点四十分。

"男人穿着一件泛白的外衣,不是很高大,大步朝着河边走去。"

松本女士口中小女孩的特征,与小真实一致。"她剪着娃娃头,红色的裙子非常显眼,上衣的颜色比裙子稍微浅一点……"

松本女士的描述仿佛给黑白素描上了色。因为松本女士的女儿那天穿着粉色的裙子,所以她会下意识地比较,记住了小真实衣服的颜色。

松本女士的丈夫也对当初发生的事记忆深刻。"我妻子当过美术老师,有过目不忘的本领。案件发生后,当新闻里出现小女孩的照片时,她惊呼见过这个孩子,我们立刻报了警。"

松本女士的印象并非模糊,而是肯定地说她见过这个孩子。这么重要的信息,仅靠查阅调查书根本无法获知。

采访接近尾声时,松本女士的丈夫突然对我说:"其实,我们家被记者骚扰后,我就一直想狠狠教训媒体一回。可无论我如何责难,你都默默承受,从不为自己辩解,非常了不起。我妻子以前非常害怕媒体,可我跟她说,你可以信任清水先生,说服了她接受你的采访。"他边说边点头微笑。

那一刻,在这对初次见面的夫妻面前,我有种想哭的冲动。

之后，松本女士来到渡良濑川，在她目击到两人的地方接受了我们的视频采访。她回忆了当时的证词，又画了张素描。小真实在弹珠游戏厅附近被目击到的时间是下午六点三十分左右，十分钟后，就有人在河边目击到一个步行的红裙女孩。之后，人们在这两人前往的地点发现了小真实的尸体。

这绝不是偶然。

然而，这么重要的证词，一年半后居然离奇消失了。DNA型一致的鉴定结果和菅家的供述让"步行"的目击证词变得多余，松本女士与吉田先生的调查书被雪藏。而松本夫妇完全没被告知菅家的供述内容，在接受我的采访之前，他们一直相信是自己的目击证词帮助警方抓到了凶手。

我拿着目击证词再次去询问栃木县警察局的前侦查队长："案发当日，的确有个走下斜坡的男人，身边跟着一个穿红裙子的小女孩，对吧？"

对方一脸不耐烦地回答道："这个最终都没搞清楚真假。哪个案子都会出现这样的情况，有些目击者唯恐天下不乱，随口胡说，还保证绝对没错。而且河边有的是穿红裙子的小女孩，那人看到的一定是别人。"

他的回答让我非常愤怒。

我去渡良濑川岸边的次数已经不下一百回，到处观察、拍照，工作日去、周末也去，白天去、夜里也去，然而我从来没在那里见过一个穿红裙子的小女孩。案发当日的同一时刻出现两个穿相同衣服的小女孩的概率太低了。

此时，我已经不再信任当时的侦查工作。

其实，除了松本女士与吉田先生，还有人目击到了步行的男人与小女孩。在草坪另一端，有个小男孩也看到了这两人。如今他已经长大成人，我从他那里问到了重要的信息。

案发当日，他和朋友在河边的浅滩处玩石头，玩得正高兴时，他回头瞥了一眼水泥护岸，看到那里站着一个男人，身边还有一个小女孩。沿着护岸往前走一点，就是人们发现小真实尸体的地方。这两个小男孩当时也被警察问话了，可是他们的证词也无故消失了。

侦查人员向法院递交的材料，不过是冰山一角。

一般来说，警方与检方会留存没有在审判中递交的调查书和办案记录。起诉后，这些材料由刑事部检察官移送到负责公审的检察官手里进行筛选，只有适合定罪的有利证据才会提交法庭。我采访一位前检察官时才知道，未提交到法院的证据，在检察厅内部被称作"残留记录"。

证据本该为追寻真相而存在。可现实中，证据仅仅为侦查人员的立案工作提供了方便。

检方甚至将残留记录称作"消极证据",像上文出现的前侦查队长一样,用"这种事情有的是""这是毫无意义的"之类无关痛痒的理由一笔带过。发现误判、残留记录才是"积极证据"时,他们依然装聋作哑。

评估证据难道不应该是法院的工作吗？

我曾数次向栃木县警察局提出采访请求,对方总是回复我说:"对于正在申请再审的案件,我们无可奉告。"

当初在记者见面会上自信地声称足利市三起案件全面侦破的警方,在被爆出可能造成冤假错案后便拒绝采访。

我也曾被卷入类似的案件,那就是"桶川事件"。我一直认为,"北关东连环杀童案"与"桶川事件"在某种程度上极其相似。

一九九九年十月,埼玉县的JR桶川站,一个名叫猪野诗织的二十一岁女大学生被人刺死。

有人在现场目击到了逃跑的凶手,身材微胖、短发。

案发后不久,我便参与到这个案子的采访工作中。由于我没有加入记者俱乐部,辖区的上尾警察局拒绝了我的采访请求。工作毫无头绪时,我与诗织的朋友们见了一面。她的朋友们战战兢兢地告诉我,诗织是被一个跟踪团伙盯上了。"诗织曾说,如果她被人杀了,就是小松杀的……"

小松曾和诗织短暂交往过,诗织很快就察觉到异常,与他分手了。之后,诗织受到小松威胁,一伙号称小松上司的人还闯入她家,在她家周围贴满了印有她姓名与照片的诽谤传单。这明显是一起有组织的犯罪行为。

诗织曾向上尾警察局求救,仍未逃脱被杀害的命运。

她在"遗言"中记述了整件事的来龙去脉,按照"遗言"所讲,那个杀人犯应该就在小松周围。我在采访中得知,声称自己是汽车销售员而接近诗织的小松,实际上经营着一家风月场所,年龄也是假的。诗织在完全不知道他真实身份的情况下被杀害了。

这群人的根据地在池袋。我不断地蹲点埋伏、打探消息,最终发现,小松的手下当中,有一个长相和穿着都跟凶手十分相近的人。我还打探到此人的名字,了解到他在案发当天行踪诡异。

通过 T 先生,我将情报提供给了警方。结果证明这个男人果然是凶手,小松和这伙人一直跟踪诗织。接下来就是逮捕与审问了,警方却弄不清楚这伙人究竟在哪里。

于是,我继续蹲点,追踪凶犯的下落。

在这伙人必去的池袋公寓中,我发现了凶手及其团伙,与摄影师樱井修拍到了这伙人的踪影。我们比警察先找到了凶手,却无法报道,因为一报道就会打草惊蛇。

我太想为诗织报仇了,决不能让凶手跑掉。我再次将情报提供给埼玉县警察局,警方却迟迟不采取行动。

噩梦般的日子开始了。我不是侦查人员,不为警方服务,只是个记者。杂志的截稿日期是年底,总编告诉我已经无法再延期,无奈之下,我独闯上尾警察局。面对依旧"拒绝采访"的副局长,我终于忍不住隔着服务台怒吼,告诉他们我不是来采访的,而是来让他们知道,下周杂志会刊登一篇关于桶川杀人案的重要报道,侦查本部应该对报道内容十分了解。

我告诉他们杂志的发售日,故意大声嚷嚷,直到警察局内人尽皆知。我不想事后被他们说,是我们的报道导致凶手闻风而逃。不知情的警员一定以为我在发疯。可我要是不这么做,警察什么时候才会行动?

杂志截稿当天,警方终于踩点逮捕了凶手。随后,小松的哥哥等数个跟踪狂也因与案件有关被逮捕了。可警方没有要调查关键人物小松的意思,仅以"名誉毁损"的罪名对其秘密通缉。

小松一直东躲西藏,后来有人在北海道发现了他的尸体。收到"小松在北海道"的消息后,我与樱井立刻赶往北海道,想按惯例完成对冲突双方的采访,没想到小松冻死在屈斜路湖上。警方判定为自杀。

然而,"桶川事件"并未完结。

警方的应对成了舆论焦点。诗织在案发前就向警方求救,说有跟踪狂会杀了她,警方却没有任何作为。这不就是见死不救吗?然而,没有一家媒体报道这件事。警方不可能自曝其丑,那些需要官方担保的媒体就算想报道也没素材。

从那一刻起,我的采访就渐渐被孤立了——与冤案报道一样,这是在与日本司法,尤其是与警方对着干。

受到小松威胁的诗织多次到埼玉县上尾警察局求救。当时日本没有《跟踪骚扰行为规范法》,完全不当回事的警方告诉诗织没法立案,还说这种男女问题,警方是不能插手的。诗织担心这么发展下去自己会被杀掉,便递交了"名誉毁损"的起诉状。

没过几天,刑警找上门来,希望她撤回诉讼。诗织拒绝了,她感到警方不会认真对待这起诉讼,十分沮丧。最终,诗织给朋友们留下"遗言":"小松早就打点好了警察。警察已经不能依靠了。我一定会被杀死。""如果我被人杀了,就是小松杀的。"

诗织最后真的被杀害了,不难想象上尾警察局有多慌张。

影像记录了警方在记者见面会上的丑态。上尾警察局含糊交代了诗织递交起诉状的事,还将诗织的衣服与随身物品一一陈列出来——黑色迷你裙、普拉达背包、古驰手表……似乎意有所指。

一个女大学生白天在JR站前被刺死,本就骇人听闻,她随身携带的奢侈品更是让人产生了某种印象。侦查本部深夜接受记者采访时透露道:"被害人生前在夜店打工。这其实是个风尘女子的三流案子。""那个跟踪狂是一家风月场所的老板。"很多记者将这两条讯息联系起来,在报道中将诗织塑造成一个"堕入风尘、生活奢靡、与风月场所老板交往而被杀的女大学生"。这样的报道显得被害人本身也有过错。可事实并非如此。

我见过诗织的遗物,那些奢侈品是二十多岁少女都会有的物品,是诗织打工一点点攒钱买下的。至于"风尘女子"这一形容,诗织曾受朋友所托,在一家卖酒的店里短期打工,但她觉得这份工作不适合自己,很快就不干了,连薪水都没有领。警方是不是认为,无论是夜店、舞厅,还是夜总会、酒吧,只要是在《风营法》①提及的场所里工作的女性都是风尘女子?可一个公民,不管他(她)在何处干了何事、为人如何,都不是他(她)被杀的理由。

警方的这种行为,已然可以称作"形象篡改"。

没找到跟踪狂也未获知"遗言"的媒体包围了被害人的家。被害人家属在相机与话筒的围攻下,无法出门采

---

① 《关于风月场所营业的规制和业务正常化的相关法律》的简称。

买日常用品。于是，警方以警备为由，派刑警常驻被害人家中，切断了家属与媒体之间的联系，情报流出的唯一途径，就是警方。

当时一直追踪犯罪团伙的我对诗织"遗言"中关于警察的部分非常在意，尤其是刑警来找诗织让她"撤诉"的事。我通过T先生去询问上尾警察局此事的真伪，得到了这样的回答："我们调查过了，没有这样的刑警。没有记录也没有报告。我们不可能说出这样的话，绝对是假的。也许是跟踪团伙耍了花招，想让对方撤诉。"

我最后之所以能百分之百确定警察局在撒谎，缘于一件意外的小事。

报道案件时，我一直很想见见诗织的家人，给他们写了封信，在信的末尾留了自己的手机号。

一天夜里，猪野先生来电了。

由于之前我写的都是忠于诗织"遗言"的报道，没有出现警方给出的消极内容。诗织的朋友们告诉诗织的父母，有一个记者值得信任。于是，我成了唯一能够采访诗织父母的记者。

我挑了一个刑警不在的时间去拜访猪野家，得知一个令我震惊的事实。当时我问了一句上尾警察局的事，"我听说家里来了假刑警，让诗织撤诉……"

猪野先生的回答出乎意料："不是，是真刑警。那人就是收取我们起诉状的H巡查长。"

受理起诉状的负责人,竟然让诗织撤诉?如果情况属实,上尾警察局岂止是渎职,根本就是见死不救。

我立即要求采访埼玉县警察局与上尾警察局。然而,警方回复说不接受非记者俱乐部成员的采访,还将责任推给媒体,说记者俱乐部的成员知道了非得抗议不可。

我不再忌讳什么,把事实原原本本报道了出来。记者俱乐部的成员们看了这些报道,想挖掘更多的内幕,却没办法采访被害人家属,不得不依赖警方的消息,报道一些"据上尾警察局称"的新闻。可那都是警方的谎言,媒体在担保这条路上越走越远。

我再次感到恐惧。公权力一旦与媒体联手,不负责任的言论将在社会上蔓延。

猪野先生不再隐忍。

案发五个月后的三月二十四日,猪野先生在埼玉律师会馆举办记者见面会,说出了真相。"警方上门要求我们撤诉。我可怜的女儿曾经向警方求救,可仍旧被杀了。我们无法接受上尾警察局的所作所为。"

可这次记者见面会的内容只刊登在了埼玉县地方报刊和主流大报社会版块不起眼的角落里。俱乐部的记者们听了家属的控诉后,立刻向警方寻求担保。警方私下告知记者:"这一家子脑子都有病。""《FOCUS》的报道是胡说八道。"

记者见面会的内容没能引起轰动,还有别的原因。

就在同一时间,警方爆出了另一个大案。

猪野先生召开记者见面会那天,埼玉县警察局开始了"本庄保险金杀人事件"的侦查工作。他们逮捕了八木,大量媒体都转而去报道那起案件。

警方对八木置之不理了十个月,却偏偏在这个节骨眼上将人逮捕。而且逮捕的理由不是涉嫌杀人,是假结婚。很多记者误以为大案侦破,晚报及隔天早报的头条都被"本庄保险金杀人事件"占据了。

那么,警方是如何得知诗织家属当天要召开记者见面会的呢?

猪野先生与律师是在十天前开始准备记者见面会的。召开前三天,律师将计划传真发送给了记者俱乐部。应该是有记者将计划"泄露"给了警方,警方迅速做出了反应。

当我深感焦躁和无力时,朝日电视台的新闻播音员鸟越俊太郎等人在节目中播报了上尾警察局玩忽职守的新闻。

一位女议员收看了节目,认为这是一个很严重的问题,便越过上尾警察局与埼玉县警察局,直接在国会预算委员会上朗读了我的报道并质问警察厅刑事局长,报道上的话是否属实。

国会上的质询使得事态出现了转机。

埼玉县警察局不得不开始内部调查,调查的结果出人意料:去猪野家要求"撤诉"的H巡查长擅自将诗织的"起诉状"改成了"受害申报"。这是警察的犯罪行为。

H巡查长当时将诗织的起诉状呈交给上司,上司担心未处理的起诉案影响警察局的业绩,便将起诉状返还巡查长,让他不要管,还说这个起诉状要是受害申报该多好。左右为难的H巡查长把"起诉状"几个字划掉,改成了"受害申报"。这么一改,警察局怎么可能出警呢?

这次篡改行为演变成了刑事案件,三名警官因"伪造公文"被问罪,包括县警察局本部部长在内的十二人受到处分。

埼玉县警察局失去退路后,召开了记者见面会,终于承认了错误。可是距离案件发生已经过去了很长时间。

县警察局本部部长在记者见面会上低头道歉后,俱乐部的记者们突然翻脸不认人,开始猛烈抨击警察。他们对家属召开的记者见面会充耳不闻,警方一认罪,却全都上了头版头条。简直是黑色幽默。

在"桶川事件"中,警方只要认真对待诗织的话,就会比我更早找到小松,不至于发生后来的悲剧。

可是,他们不仅不出警,还要求诗织撤诉,甚至篡改文书,让事情一步步发展到无可挽回的地步。

日本警方总会隐瞒一些对自己不利的事。如今的我,在"北关东连环杀童案"中,再次面临相同的境况。

刚从千叶监狱离开的菅家先生

第六章

成果

根据目前的采访资料可以断定,栃木县警察局的侦查工作十分草率。现在,唯一的证据——科警研的DNA型鉴定——仍处于黑箱状态;菅家的再审申请被驳回也是个很大的问题。

我调查了美国等DNA型鉴定技术成熟的国家才知道,DNA型鉴定多用于死刑犯、无期徒刑犯的无罪证明。如前所述,DNA型鉴定结果一致,只能说明嫌疑人有可能是罪犯,但凡有一个型号数值不同,就会指向完全不同的两个人。这是证明无罪的强有力武器。

一九九二年,美国一个法律组织发起了"清白计划"(Innocence Project)运动,被判决有罪的服刑人主张无罪时,可鉴定DNA型。大学研究团队通过DNA型鉴定,已经成功证明两百多名服刑人的清白。于是,节目编导田中尚被派往美国进行相关采访。

他带回了一个案例,一名男子因涉嫌强奸杀人,被判无期徒刑,入狱后通过DNA型鉴定证明无罪,出狱后,他成了一名律师。

美国部分州已经将相关条文写入法律,只要服刑人提出要求,就必须实施DNA型鉴定。由此可见早期DNA型鉴定技术的不成熟。

"足利事件"有没有必要实施DNA型再鉴定?我以此为主题,在新闻节目《番记者》《新闻特辑》中分别推出了专题报道《美国DNA型再鉴定》《"足利事件"中的草率侦查》。只是,这些报道依然孤掌难鸣。

要说没有挫败感是骗人的,但毕竟当时,日本尚未实施过一起审结案件的DNA型再鉴定。好在经过反复强调"应当实施DNA型再鉴定",舆论最终指向一点:"真凶如今仍逍遥法外。"

不仅"足利事件",整个"北关东连环杀童案"的采访都收获颇丰。为了采访"横山由佳梨事件",我在与案发时间相同的七月前往群马县太田市,拜访了横山家。

横山家玄关处悬挂的七夕节[①]装饰随风摇曳。红色、蓝色、黄色……色彩斑斓的纸条上,写满了家人的思念——"希望由佳梨平安归来"。

这起连环案中,只有由佳梨至今下落不明。

父亲横山保雄低着头说:"我们只盼着由佳梨能够平

---

① 日本七夕节是公历的7月7日。

安归来。我们一刻也不曾忘记案发当天的情形……"

说完,他深深地叹了口气。房间里依然贴着由佳梨最喜欢的"美少女战士水兵月"的海报。母亲横山光子为由佳梨准备了各个年龄段的衣服,这样,不论她什么时候回来,都有衣服可穿。

由佳梨失踪那天正好是七夕,天有点阴。

他们一家原本要去商场,可是父亲无意间看到一张写着"七夕感恩日"的宣传单,横山家的命运就被这张纸改变了。

上午十点三十分左右,父母带着由佳梨和她的妹妹出门,前往宣传单上的弹珠游戏厅。这家名为"P"的游戏厅离家大约一公里,不是大型店铺,而是日本国道边上的一家小店。

由佳梨来到店里的奖品兑换台。

奖品是一盒烟花套装。父亲说要拿到这个奖品送给由佳梨,由佳梨听了十分开心。她在玩游戏的父母与奖品兑换台之间兴奋地来回穿梭,当时,她的父母并没意识到游戏厅里会有危险。

中午,母亲让由佳梨坐到店里的长椅上,递给她饭团与果汁后,又返回游戏台。不一会儿,由佳梨跑到母亲身边,对她轻声耳语了几句。

"店里太吵了,我没听清她在说什么,但听到她很高兴地告诉我,有一个很和蔼的叔叔。"

母亲警告由佳梨,不许跟陌生人走掉。由佳梨又返回长椅。

大约十分钟后,母亲不经意回头看了一眼长椅,发现由佳梨不见了。长椅上只留下了没吃完的饭团与果汁。

父母没命地在店里、停车场、附近的公园到处寻找,可由佳梨就像人间蒸发了一般。下午两点十分,父亲到附近的巡查岗亭报案。

群马县警方从案件、事故两方面展开侦查工作,侦查员在横山家的座机上安装了录音器与信号追踪装置,一旦绑匪打来电话,便可探测他的位置。屋内还有两名便衣警察二十四小时待命。可是,毫无线索。

两天后的傍晚,警方正准备进行公开侦查时,电话响了。

室内空气顿时凝固了。

横山先生拿起听筒。用耳机监听通话的警察们以事先准备好的卡片示意横山先生:"麻烦你再说一遍""请你慢点讲"。他们希望借此延长与凶手的通话时间,以便追踪信号的来源。当时电话局用的是纵横制交换机,而非现在的数字交换机,要追踪信号,需要人工监测大量的线路。

可是,打进来的都是骚扰诈骗电话。听筒那头的人口气都很大:"你把五千万带到濑户大桥上!""由佳梨现在就在我手上,她被倒吊在车后头。"

太田警察局将原本的"女童失踪案对策室"更名为"诱拐女童案侦查本部",调出弹珠游戏厅里的监控录像进行分析,发现了一名身高约一米五八、戴着墨镜与棒球帽的可疑男子。

我采访过群马县警察局的前侦查队长,他说身高可能有前后两厘米的误差,即一米五六到一米六之间。监控录像中,这个男人在店里大步闲逛,随后坐到长椅上抽起了烟,将脸靠近由佳梨,亲密地和她交谈起来。警方将该男子定为此次诱拐案的重点嫌疑人,向全社会公开了这段影像。

大家都乐观地认为能够早早破案。

然而现实令人大失所望。虽然录像与照片都已通过媒体公开,可并没有收集到有力的线索。

如今,距离案发已经过去很长时间,我决定在节目中再次使用这段监控录像,同时通过分析男子进店后的动作,制作了一段 CG 动画。七月二十七日,录像通过《番记者》节目向全日本播出。

一条意料之外的线索出现了。

节目播出后的第二天,我收到了一封邮件。写信给我的是在"足利事件"现场目击到红裙女孩与"鲁邦"的松本女士。自从接受我的采访后,她一期不落地收看了我们的节目。

> 我看了你们的节目,看到了由佳梨案的嫌疑人,从监控录像与CG动画中清晰地了解到当时的情形。(中略)我感觉小真实案的嫌疑人在脸的轮廓与走路姿势上和他非常相似。当时我曾接受警察的问话,竭力回想过嫌疑人的样子,我的感觉不会错。

那个人就是"鲁邦"。

"足利事件"中,吉田先生说嫌疑人跟鲁邦三世很像,而这人居然酷似"由佳梨事件"中的重点怀疑对象。若把这些案件看成连环案,早该发现这一点。松本女士完全没留意过"由佳梨事件",第一次看到这个墨镜男,却立刻发现了相似点。

我想起松本女士的丈夫说过,他妻子"有过目不忘的本领"。

我们将松本女士请到日本电视台,让她在大屏幕前再次观看墨镜男的影像。再三确认后,松本女士坚信自己的看法。

可他到底是谁?

监控录像中的墨镜男穿了身怪异的衣服,大步在店里来回转悠，看上去是个非常值得警惕的危险人物。可与他交谈的由佳梨却一脸喜悦，还跑去跟母亲说"有一个很和蔼的叔叔"。难道影像与现实有很大的差别？比如，墨镜后面的那双眼睛其实非常温柔？

我一有空就反复观看这段录像，也请由佳梨的父母尽可能地回忆案发当天的细节，整理出案件的时间线。我还仔细研究游戏厅的建筑图纸，多次去已经重新装潢的店里，尝试再现墨镜男的行动轨迹。

最终，我找到了或许可以抓住凶手的线索。

十二点二十分左右，从店里出去的由佳梨跟着母亲返回游戏厅。

下午一点二十七分左右，墨镜男从自动门径直走进游戏厅，好像去了最里面的厕所。之后，墨镜男在过道上来回走动，一直左顾右盼，似乎对周围的游戏台没有兴趣。

人在什么样的情况下会做出这样的举动？莫非是在找人？

后来，墨镜男发现了由佳梨，跟在她身后，走到奖品兑换台附近站住了，抽着烟，好像在观察由佳梨。

一点三十五分左右，墨镜男靠近坐在角落长椅上的由佳梨，一边抽烟，一边跟由佳梨讲话，由佳梨开心地用手甩动着裙角。最后，墨镜男向店外的方向指了三次。

一点四十二分左右，墨镜男通过自动门走出游戏厅。

一点四十五分左右，由佳梨也离开了游戏厅。

从进来到出去，墨镜男大约花了十五分钟，在这期间，他与由佳梨搭话的时间不过四五分钟而已。

最重要的是，墨镜男对游戏台不感兴趣，明显不是为了玩弹珠而来。他进来后直奔厕所方向，完全没有犹豫。可见他熟知游戏厅的内部结构。

监控录像显示，墨镜男是在由佳梨跟母亲返回游戏厅一个小时后才进来的。可事实真是如此吗？他会不会早就已经在店里了？

接下来是我的假设。

案发当天，"鲁邦"在那家游戏厅玩弹珠，之后，由佳梨一家进来了。"鲁邦"想和由佳梨搭话，可由佳梨跟父母在一起，天花板上又装了好几个监控摄像头。于是，他离开游戏厅，到附近套上一件夹克，戴上棒球帽与墨镜。也就是说，他这身在夏天看起来很诡异的装束，是为了伪装。

"鲁邦"于下午一点二十七分返回店内。他的目标是由佳梨，自然不会去关注那些游戏台。

由佳梨的父亲回忆道："我现在才想起来，那个男人正好坐在一个死角上。我们看不到有人与由佳梨坐在一起，以为由佳梨是一个人坐在那儿……"

我再去看录像，发现从父亲的角度看过去，有其他客人挡着,根本看不到墨镜男。反而墨镜男可以借他人的掩护偷窥父亲。一个伪装的男人,在孩子父母毫无察觉的情况下靠近由佳梨,短短几分钟内便成功得手。

要抓到凶手,还得再分析监控录像。

这次我们要查横山一家进店后,那天整个上午的未公开录像,注意有没有戴墨镜的男子出没。

遗憾的是,我手头没有那天上午的监控录像。我无数次请求游戏厅的老板接受采访,却遭到拒绝,只能把我的设想告知群马县警方。

结果还是行不通。

等我终于迎来一个突破口,已经是特别报道节目播出九个月之后了。

夏日的酷热逐渐褪去,东京街头开始刮起阵阵秋风。手机响时,我正坐在新桥小巷一家烟雾缭绕的烧烤店内吃烤秋刀鱼。

"足利事件"有了最新动向。

由于宇都宫地方法院驳回了再审申请,菅家与辩护团提出即时抗告,向东京高等法院申请实施DNA型再鉴定。对此,东京高等检察厅的检察官出具了一份名为《检察官针对DNA型鉴定申请的意见》的文件,文件里这么写道:

为识别本案短袖衬衣上的遗留精液与申请人材料之间的异同而实施DNA型再鉴定，本厅认为毫无必要，但也不反对。

也就是说，检察厅认为可以实施DNA型再鉴定。

这个信息十分重要，它不是高等检察厅的某位检察官决定的，而是经部长、副部长、检察长等领导审批，同科警研与栃木县警方协商后得出的结论。只要法院拍板，再鉴定便可开始实施。

我立刻赶回报道局做新闻快报。

十月十六日，新闻节目《NEWS ZERO》报道了《"足利事件"有望实施DNA型再鉴定》的一分钟短讯，意味着冻结十八年的"足利事件"开始解冻。新闻播出前，我特意打电话给菅家的支持者西卷女士，告诉她马上要播一条非常重要的新闻。在报道间看到渡良濑川的航拍镜头时，我突然有种难以言明的预感。

第二天，其他媒体开始陆续跟进。这是日本首例审结案件的DNA型再鉴定，各大媒体争相报道。辩护团召开了记者见面会，冤假错案的可能性终于得到关注。

二〇〇九年一月，DNA型再鉴定终于开始了。

鉴定人由东京高等法院指定，分别是检方推荐的大阪医科大学教授铃木广一与辩护方推荐的筑波大学法医学教室教授本田克也。两位教授都是世界级知名专家，警方和检方曾多次委托他们实施DNA型鉴定。

一月二十三日，在法官、检察官、律师的见证下，法院委托栃木县的大学医院将小真实冷冻保存的衬衣用剪刀一裁为二，分别交给两位鉴定人。二十九日，菅家在千叶监狱中被提取血液与口腔黏膜样本。上述的鉴定试样会被两位鉴定人带回研究室，通过最新技术实施鉴定，鉴定结果预计会在四月最后一天提交给法院。

此时，东京高等检察厅的检察官与杉本纯子进行了一次非正式会面。"贵社对'足利事件'展开了多方报道啊。听说还去美国对DNA鉴定做了调查。"如此开场后，检察官说明了此次决定进行再鉴定的原因。

"审判长正好对欧美法系非常有兴趣。不过，"他继续说道，"试样（物证衬衣）的状况太糟糕了，不知能否得出结果。很有可能会得出一个'无法鉴定'的结论。如此一来，就没办法了。"

没错。小真实的衬衣被发现时，已经在河里泡了十多个小时，而且是在辩护团的提议下，二〇〇四年才被移送到零下八十度的冷冻库中保存。在此之前，它被长期放置于常温环境中，其上的DNA或许已经淡褪或劣化，作为鉴定的试样确实很糟糕。除此之外，还有人质疑，凶手的精液如今是否还残留在衬衣上。我虽然一直呼吁"实施再鉴定",此刻却感到极大的不安。

美国法院规定,"只有可重复多次鉴定的试样才可作为证据",日本在这一方面落后了。

另一方面,栃木县警察局的态度非常强硬。当年的侦查人员信心十足,一笑置之。"再鉴定?真能折腾!鉴定结果肯定是一致的,他绝对是凶手。我们一点都不担心。"他们还说:"你们日本电视台报道这种事真的没关系吗?不怕丢人现眼?"侦查人员都是这种态度,难怪检方不反对再鉴定。

各大媒体的风向发生了变化。

三月,栃木地方报《下野新闻》为"足利事件"做了特辑,刊登《第十九个年头揭开真相》《对科学发展的疑问》等多篇报道。之前那些依附于检方与警方的记者更是转变了态度。四月,《朝日新闻》刊登了《DNA再审之门能否开启》《本月末将知晓结果》等报道。报道中不仅出现了菅家的话——"我相信会有好结果";为了保持"中立",还刊登了警方的说法:"凶手的自供确定无疑,我们的侦查没有错。"案件的关注度提升了。

那时,我与松本夫妇、杉本纯子在东京都下町吃饭。当初在电话里让我负起报道伤害全部责任的男人,如今和我成了朋友。吃饭时,他说:"真没想到,他居然和墨镜男那么像。"

松本女士笑了笑,说:"我无意间看了一眼电视,立刻发觉异样,赶紧给你写了信。"

席间气氛非常愉快。

"松本女士,你一直相信'足利事件'中被捕的是那个步行的男人吗?"我问。

"是啊,我还得到表彰了呢。"松本女士抿着嘴笑了。

"表彰?什么表彰?"

"足利警察局呀!表彰内容是什么来着……"

松本女士的证词不仅于逮捕菅家无用,还成了障碍,所以才被雪藏。可认为松本女士随口胡说的警察局,在菅家被捕后居然表彰了松本女士。

几天后,我看到了松本女士的表彰奖状与一块装在盒子里的银色奖章,表彰松本女士在连环杀童案中对警方的协助。

四月中旬,离将鉴定结果提交法院的期限越来越近。一个清晨,我无意中看了一眼手机,发现有好几个相同号码的未接来电,是负责霞关[①]区域的社会部记者野中祐美打来的。我回拨过去,野中记者说起了"足利事件"。

---

① 位于东京都千代田区南端,是日本政府机关集中地。

"你听说了吗?不是在做DNA型再鉴定吗?我不小心知道结果了……"

野中记者与"足利事件"好像没什么关系,她怎么会知道鉴定结果?还"不小心知道了"?我脑子有点乱,但仍然继续往下听。

"结果好像是bu yi zhi……"

我花了好几秒才把"bu yi zhi"转换成文字"不一致",一瞬间仿佛被雷电击中。

"你是说DNA型真的不一致吗?这是哪个鉴定人的结果?你是从哪里获得的消息?"我用快她十倍的语速接连发问。野中记者答道:"我听说,两个人的鉴定结果都显示不一致,在这边引起了很大的骚动。"

我对她表示了感谢,挂断了电话。

凶手的DNA型果然和菅家的不一致。菅家是无辜的。

无罪与无辜是不一样的。无罪,是法院认定一个人的行为没有达到犯罪的标准;而无辜,则是无犯罪事实,与犯罪完全无关。

这个消息是野中记者获取的,很可能是个重磅独家。它的分量太重,不能仅靠一条消息就报道,必须慎重证实其可靠性。

我冷静下来,意识到这个消息介于能报道与不能报道之间。

这次的再鉴定，是东京高等法院接受即时抗告后，委托法医学者实施的，直接影响到法院是否再审的决定。在这个阶段，如果媒体先于法院把再鉴定的结果告知大众，不一定会把事态引向正确的方向，稍不留意甚至会全盘皆输——"媒体抢先知道结果是很大的问题。"之前，宇都宫地方法院就以鉴定的毛发不知来源为由，拒绝了再审申请。

我必须慎重对待，以免追悔莫及。

我决定先验证消息的可靠性。经过多方查证，我得知检察厅与警察厅已经知道这个结果，受到极大的震动。曾经信心十足的栃木县警方都在为如何应对而发愁。

可是，法院还一无所知，连辩护团也不知道。我担心如果不趁早让真相大白天下，这些事实会默默消失于黑暗之中，那样就真的追悔莫及了。关于"鲁邦"的证词不就是这样吗？更何况DNA型鉴定不一致的结果对科警研，甚至对警方、检方而言，都非同小可。

时间紧迫。既然这个消息在霞关已经人尽皆知，若是因为我导致头条被抢，错过最佳报道时机，就太对不起野中记者了。

但我无法独吞这个报道。

只剩一个办法了。

接到野中记者电话的一周后，四月二十日，我获知共同通信社要刊登这条消息，预计在晚上十一点发稿。有些报社已经停了印刷机，在等共同通信社的快讯。与此同时，《东京新闻》作为共同通信社的加盟报社，已经派出采访记者。

时机已经成熟。

我的计划是这样的。首先，我们写好播报稿，把影像准备好，等待共同通信社吹响号角，刊登快讯。紧接着，各个报社的记者开始四处采访取证。在其他电视台还来不及报道，报社的印刷机也没开始转动之时，我们在晚间十一点档的《NEWS ZERO》中播出这条独家新闻。

如此一来，日本电视台可以第一时间将这个消息传播开，共同通信社也已发稿，业界对日本电视台独占鳌头的感觉就会弱化。

当晚，《NEWS ZERO》节目一开始，立刻播报了共同通信社发布的消息——《快讯："足利事件"DNA型再鉴定结果不一致》。

栃木县足利市发生的杀童案中，已经被判无期徒刑的服刑人请求再审，针对此请求，相关部门破例实施了DNA型再鉴定。记者采访知情人后得知，被害人衣物上残留的凶手DNA型与服刑人的DNA型并不一致。

一段一分四十二秒的播报。我既不愧对野中记者,也不会破坏整个案子的进展。

五月八日,法院公布了"足利事件"DNA型再鉴定结果,其他媒体立即蜂拥而至,原本安静的渡良濑川河畔站满了携带长枪短炮的记者,对菅家辩护团的采访请求络绎不绝。一些报社开始查证菅家被捕时本社做出的新闻报道。

下一次节目就做与"确定再审"相关的内容吧。

菅家被捕的关键——自供与DNA型鉴定,自供疑点频出,又被菅家本人推翻,证据价值大大削弱;如今被称为"绝对证据"的DNA型鉴定也土崩瓦解了。

只要确定开始再审,菅家百分之百会被无罪释放。

可我却感觉到一些蹊跷的动向。

科警研在愤愤不平。

此次的再鉴定,主要采用被称为"STR法"的鉴定方法。STR是短串联重复序列(Short Tandem Repeats)的缩写,指DNA分子以二到六个碱基对为单元重复排列而成的片段,可查多个基因位点,精度大为提高。以这种鉴定方法判定出凶手与菅家的DNA型不一致,证明了当年科警研实施的MCT118法有误。可科警研不愿承认,"当时的鉴定技术无法达到很高的精确度,会出现一千人中几个人DNA型一致的误差。这次的STR鉴定法做了更精确的检测,才将凶手与菅家的DNA型区分开。"

简单点说,科警研的逻辑是,新的鉴定方法证明两人的DNA型不一致,只能说明精确度提高了,并非旧方法有误。

那为何不用旧的MCT118法再做一次?可检方回避了。开始再鉴定之前,东京高等检察厅递交法院的《检察官针对DNA型鉴定申请的意见》中有这么一段话:

> 实施MCT118法的DNA型鉴定毫无意义,有弊无利,因此反对。

他们还说,如果再鉴定,"最好用市售试剂实施STR鉴定","123bp Ladder Marker已经不能使用,当时是人工鉴定,电泳时间与进行电泳的凝胶板条件等都非常严苛,如今无法再现当时的鉴定手法"。

同时,MCT118法查的是长的碱基序列,若使用劣化的陈旧试样,DNA很有可能断裂,鉴定会遇到技术难题。

即便如此,本田教授仍实施了MCT118法鉴定。他认为STR法是主力,但也应该试试当年的MCT118法,不过是利用最新的计算机技术。他特意定制了早已停产的

MCT118法试剂，反复检测后开始实验。

我们来重温一下之前的鉴定结果。比照当年的科警研鉴定与其后发表的论文，菅家与凶手的DNA型最初是"16-26"，之后由于标记物的更改，变成了"18-30"（后续若无说明，则一直采用新标记物下的数值）。可一九九七年辩护团悄悄委托押田茂实教授实施再鉴定时，押田教授得出的菅家DNA型是"18-29"。

此次，本田教授以MCT118法得出的鉴定结果也是"18-29"。

这么看来，科警研的逻辑是说不通的。菅家与凶手在MCT118法下的DNA型根本不一致。

更令人震惊的是，根据本田教授的鉴定，从衬衣上验出的凶手DNA型是"18-24"。那么科警研当时鉴定出的"18-30"型去哪儿了？

得知鉴定结果的佐藤博史律师在记者见面会上大发雷霆："之前科警研在论文中将26型改为30型。可这次鉴定结果显示凶手的DNA型是24。这是鉴定技术上的重大失误，他们的鉴定简直是胡闹！"

本田教授也做了说明："鉴定刚开始，菅家与凶手的DNA条带就错开了，我看了不禁后背一凉。科警研居然会犯这种错。我重复鉴定了四百多回，结果都是一样的。"

本田教授不仅在鉴定书中写了STR法鉴定结果，还写上了MCT118法的鉴定结果。

这份鉴定书一递交,科警研便开始在意见书中猛烈抨击。我之前说的"蹊跷的动向"指的就是这个。

此前,本田教授曾多次接受警方和检方的委托实施DNA型鉴定,作为证据递交法院。但这次科警研不仅不承认凶手和菅家DNA型不一致,还否定了本田教授的鉴定:

> 在样本获取、DNA提取、PCR增幅及型号分析等检测技术的质量管理,以及检测结果的解释上,本田的DNA型鉴定技术是不过关的,这些鉴定书在检测技术与理论构成两方面都不足为信。因此,(中略)不应被采纳。

这份意见书措辞异常激烈,继续攻击:

> 即便鉴定过程无可挑剔,检验出的DNA型也可能并非来自精子。
>
> 我们可明确指出,其间混入了女性的24型。由此可见,鉴定书将MCT118法检测出的"18-24"型定为男性的DNA型是错误的。

科警研说本田教授从衬衣上检测出的"18-24"型并

非来自凶手,而来自一名女性。按照他们的逻辑,"18-24"型可能是被害人小真实或其母亲松田女士的DNA型。

有了科警研的分析,检方认为"本田鉴定在方法上存在疑点,整体缺乏可信度,因此,根据《日本刑事诉讼法》第四百三十五条第六项规定,此鉴定不可作为无罪证据",并将一份共计十二页的意见书递交法院。

曾被多次委托实施DNA型鉴定的本田教授居然被检方认为"整体缺乏可信度",真是荒唐。

他们如此拼命反击,大概是因为科警研的MCT118法鉴定一旦推翻,之前将其作为证据的其他案件就有翻案的可能。

"18-24"——我目不转睛地看着鉴定书上的这个数字组合。这是我与"18-24"的初次相遇,可当时的我并未意识到这组数字有多重要。

同一时间,检察厅联系了松田女士。

"时隔十七八年,他们给我来信了。他们到底要干什么?"菅家被捕后再无音讯的检察厅突然出现,让松田女士十分诧异。

东京高等检察厅检察官的来信内容如下:

> 我是平成二年令千金遇害案的负责人。您可能

> 已经从报道中获知，作为程序的一环，法院实施了DNA型再鉴定，得出作为有罪证据的DNA型与服刑人菅谷的DNA型不一致的结论。敝人希望能当面向您说明此程序的进度，特写信叨扰。

他居然把菅家的名字写成了"菅谷"！

不过对于检方请出家属的做法，我其实早有察觉。

就在数天之前，检方开始了一项令人匪夷所思的调查，要鉴定当时的侦查人员的DNA型。

这么做的主要原因是"污染"。

他们认为，鉴定用的试样可能被污染。本案中，被害人小真实的衬衣只要被第三人接触过，就有可能附着非涉案人员的DNA。

检方想要确认这次再鉴定从衬衣中检测出的DNA型究竟是不是凶手的。他们不遗余力地验证这种可能性，恰恰说明DNA型不一致的结果对他们是一大打击。

令人意想不到的是，这次侦查人员的DNA型鉴定中，一名侦查队长的DNA型与另一起案件的凶手DNA型完全一致。简直是栃木县警察局的噩梦！

二〇〇五年十二月，栃木县今市市（今日光市），一个七岁女孩被诱拐，遗体在茨城县被发现。这就是"吉田有希事件"。

从遗体身上发现的男性DNA型被认为极有可能来自凶手。可此次对"足利事件"侦查人员的DNA型鉴定却发现，一名侦查队长的DNA型与之一致。

引起这场误会的就是"污染"。小有希的尸体被发现后，这位侦查队长赶到茨城县警察局，发火时将唾液喷到了遗体上。之后鉴定人员提取了唾液的DNA，将其视为"凶手的DNA"。

得知这出闹剧后，我立即明白为什么检方要给松田女士寄那封信了。

他们想调查"污染源"，鉴定被害人家属的DNA型。检方与科警研断定本田鉴定中发现的"18-24"型来自女性。那么，除了小真实本人的DNA型，与小真实一起生活的母亲的DNA型也必须要调查清楚，毕竟家人的DNA很可能通过接触或者洗涤衣物等方式附着在衬衣上。

我请求松田女士让我同行。

我们的采访团队在附近待命，松田女士走进一栋与法院毗邻的灰色建筑内，东京高等检察厅的检察官正在里面等她。检察官问候完松田女士后，用十分钟向她解释了再鉴定的情况，然后进入正题。

"两位鉴定人各自采用不同的方法实施鉴定，完成了鉴定书，结论是衬衣上的DNA型与菅家的不一致。我们正在研究如何解读这份鉴定书，总不能因为对方是了不起的教授，我们就得照他们说的做……"

他的意思是，DNA型鉴定结果虽然不一致，可营家不能轻易被释放。

"试样来自一件二十年前的衬衣，其间很多人都接触过它，很可能留下与案件无关之人的汗水。也有可能这次用最新技术发现了令千金的DNA。也就是说，检出的DNA型不一定就是凶手的……"检察官解释了半天，就是想请求松田女士配合，鉴定小真实与她自己的DNA型。

松田女士同意了他们的请求。一旁的鉴定科人员立即采集了松田女士的口腔黏膜，之后又到她家中借走了小真实的脐带。

松田女士与检察官的会面结束后，她将整个过程告诉了我。这让我产生了一个疑问。现在才来提取松田女士的DNA，说明案发时，科警研很有可能在不了解被害人与相关者DNA型的情况下，就锁定了凶手的DNA型。他们其实做了一次风险极高的鉴定。

还有一件事，让松田女士与检察官的对话朝另一个方向发展——她将自己对检方的想法说了出来。

案发以来，被害人家属一直被检方忽视，当天会面之前，检方既无联系也无任何解释。家属们一直坚信被捕的营家就是凶手。可现在，他们突然被告知DNA型再鉴定的结果不一致。

"实在太奇怪了,人人都知道DNA型不同就是不同。如果是哪里出错了,请务必追查下去。"

同时,针对检察官提及菅家时直呼其名的行为,松田女士说道:"是菅家先生。请允许我为他加个敬称。菅家先生若是无罪,我希望你们能尽早查明真相。如果是侦查出错了,你们应该向他道歉。谁都会觉得这整件事很不正常。"她继续说:"你们难道不会说对不起吗?"

被害人家属像训孩子一般训斥了检察官。这正是只要逮捕凶手便万事大吉的司法机关与渴望知道真相的家属之间最大的差别。

五月三十一日,我在《番记者》节目中首次披露了这件事,随后在多个节目中将松田女士那句"你们难道不会说对不起吗?"以及迟来的被害人鉴定消息播报了出去。

《番记者》播出后第二天,菅家的辩护团召开了记者见面会,强烈谴责检方。我站在会场的最后一排,心情复杂地听着辩护团的发言。各大媒体都在报道,被害人家属说出了自己的心声,辩护团不断发声……检方已经四面楚歌。

六月四日,即被害人鉴定的报道播出四天后,我站在电车上,手握吊环,继续进行着我的采访。这时手机响了,我低头一看,屏幕上出现了松田女士的名字。

我下了车，在一个陌生的站台，听见她冷静地一字一句告诉我说："刚刚检察官打来电话，说今天下午释放菅家先生。"

我握着手机，呆住了。

我万万没有想到有天会从家属口中听到这句话。

我们又交谈了几句，相互道谢后挂了电话。我当即联系各方。日本电视台负责司法的记者也知道了这个消息，要第一时间快讯播报《服刑人菅家将于本日释放》的新闻。我又致电辩护团，他们还未做好接菅家的准备——如何将菅家从监狱带出，是个十分头疼的问题，媒体肯定会将千叶监狱围得水泄不通。

而这种时候，我也不能什么都不干。我怎么能干等着看菅家出狱的影像呢？我一定要亲眼看到菅家被释放。

千叶监狱已经大变样了。

原本安静肃穆的大门口搭满了架梯，摄影师与记者来回走动。有好几台新闻直播车支起了天线，记者们手拿话筒或笔，口里叫嚷着什么。现场甚至出动了警察，他们吹着哨子在疏导交通。

我一回头，看到杉本纯子在冲我笑。这天早上，她申请与菅家会面，再次被拒，没想到歪打正着成了最早出现在监狱的人，有机会把摄像机架到了最佳位置。

菅家必须乘车离开监狱,倘若步行离开,必定会在监狱门口引起骚动。我与辩护团商量,请他们向监狱申请,准备一辆商务车来接菅家,毕竟他还带着不少行李。

在媒体的注视下,佐藤律师与西卷女士进入监狱。等了好久,终于迎来这一刻。望着两人远去的背影,我不禁回想起佐藤律师在这里落泪的情景。

片刻后,我乘坐商务车驶向监狱。好几台采访直升机在头顶上方盘旋,发出震耳欲聋的轰鸣声。

那堵红色的围墙离我们越来越近。铁门缓缓打开,刚好够我们的车进入。

所有媒体都在拍摄这辆车,也许主持人正在解说:"一辆车驶入了高墙,似乎要迎接菅家出狱。"

进了大门的车子在刑务官的指引下停在了一栋楼前。不久,刑务官们从大楼内鱼贯而出,车门突然被拉开,他们看都不看我一眼,将好几个纸箱递了过来。都是菅家的私人物品,应该也有我和菅家通信的信件。

我接过箱子,将它们堆放到车子的后部,安置妥当。

没过多久,铁门嘎吱一声开了。

我最先看到的是一头白发,然后是大镜片金属眼镜和灰色格纹夹克——菅家利和走出来了。

我站在车前自报家门,与他握手。

"就是你啊,非常感谢你!"

菅家说完,一直握着我的手,仿佛不知道该说什么才好,只是不住地点头。镜片后面的眼睛泛着泪光。

上空的直升机飞得更低了,轰鸣声巨大。

下午三点四十八分,车子离开监狱。

车外,闪光灯不停闪烁着,我百感交集地按下了摄像机的开始键,成了第一个拍到菅家出狱的人。

菅家看着窗外的媒体与风景,打开车窗向大家挥手致意,他的每一个表情我都用摄像机记录了下来。看着取景框,我感觉漫长的采访工作终于画上了一个句号。

但这并不意味着结束,而是真正的开始——"北关东连环杀童案"的开始。

制片人森田安排了一处酒店大堂作为记者见面会场地,无论是记者俱乐部的成员还是其他报刊记者,都可以自由参加,公平采访。只不过见面会开始前的一小段准备时间,特别留给了日本电视台。

我们牵了一条长长的电线直通酒店的休息室,将摄像机与直播车连接起来,并在室内架好了三脚架,我与菅家的一问一答通过直播传回了台里。

菅家在摄像机前享用着盼望已久的咖啡。

"真好喝啊!味道就是不一样,在监狱里喝不到这样的咖啡。"

他捧着冒热气的杯子,眯起了双眼。服务员立即为他续上一杯。

我问了菅家各种问题,关于他的逮捕,还有铁窗生涯。

"我被大家当作凶手,警察告诉我他们手里有证据,可是我根本没杀人,完全不知道所谓的证据是什么。真是太痛苦了……我到了宇都宫的看守所,觉得自己完蛋了,甚至想到了死……"

我问了他对于因DNA型鉴定而入狱,如今又通过再鉴定洗刷了罪名的感想。

"虽然一言难尽,不过现在的鉴定技术确实很厉害。我本来就是清白的,再鉴定一定会得到无罪的结果。"

这些话诚恳而有力。如果当初能够在千叶监狱见到菅家,亲耳听到他说这些话,我肯定会更加坚定地推进冤案报道。

下午五点,我们进入记者见面会现场。

宽敞的大堂内挤满了记者,人数之多令我吃惊。到处都有闪光灯不停闪烁。不过再审前的释放在日本可是首例,媒体再多也不足为奇。

菅家面向话筒入座,从容镇静地开口了。"我是清白的,我不是罪犯,我可以保证。我饱受刑警们的残酷折磨。他们说肯定是我干的,让我早点坦白。我告诉他们我什么都没做,可他们完全不听。我不认为他们道歉就可以一笔勾销。我绝不会原谅当时的警察与检察官。"

除了相机的快门声,全场肃然寂静。

"我忍受了十七年,希望警方能向我道歉。被捕后不久,我父亲就去世了,两年前,我母亲也走了……一句搞错了就可以没事了吗?我想要他们把我的人生还给我。"

菅家被捕后的第二周,他倍受打击的父亲因病去世了。菅家在审讯室中得知这个噩耗,哭泣不已。就在前年,他母亲也去世了。菅家再也没能见到父母。

菅家被捕时四十五岁,如今已经六十二岁。他的一字一句都让人感受到岁月的沉重。我不由得想起了免田。

菅家希望晚饭能吃寿司,于是,记者见面会后,我们一同去了汐留的寿司屋。

"真好吃啊!我可喜欢金枪鱼刺身了。"

我和杉本纯子一听,赶忙夹了一堆金枪鱼刺身放在菅家的盘子里。菅家吃着蘸了酱油的刺身,告诉我们,他在监狱里连海苔卷和稻荷寿司都吃不到。

说话间,我无意中看到菅家的几颗牙掉了。因为监狱里不能使用医疗保险,即便有蛀牙,也因费用太高而无法得到治疗。

杉本部长也赶了过来。接下来,我们请菅家参与录制《NEWS ZERO》的直播节目。

才出狱几个小时就坐到了演播厅,这样的情况并不多见。我在演播厅角落注视着菅家。刺眼的灯光下，菅家依然淡定从容，有条不紊地讲述着侦查经过与狱中生活。

录制结束后，在日本电视台的洗手间里，菅家对着洗手池犯难了——水龙头没有把手。他被捕时还没出现感应水龙头。接着他看着镜子里的自己又吃了一惊，"都这么老了！"好像故人久别重逢似的。他一时说不出话来。监狱里虽然也有镜子，"但总是雾蒙蒙的，没这么清晰"。

在菅家的强烈要求下，我们去了KTV。他握着麦克风，接连唱着桥幸夫、石原裕次郎、三田明等歌手的怀旧金曲，一口气唱了二十首歌。或许是因为压抑许久终于释放，他开心得脸上出现道道褶子，时而挥舞双手，时而蹦蹦跳跳。毕竟，他已经十七年半没有唱过歌了。

随后，他还去吃了最喜欢的拉面。他在狱中一直心心念念，心想如果出狱一定要吃个痛快。在拉面店里一落座，他就伸长脖子认真地看墙上的菜单。

"酱油拉面、盐味拉面、叉烧面……我选好了。看着菜单点喜欢的食物真开心！"盐味拉面一送上来，他就很享受地喝了口汤。

这一口的感受，无论是多资深的电视解说员都表达不出来。

"监狱里的拉面都好难吃啊。"

菅家出狱这一整天，我一直陪着他。我深切地感受到，他是个很老实的人，不会强迫别人做任何事。被捕后，他还在担心两千日元的市民税没交；我问他问题时，他一边听一边"嗯嗯""没错没错"地应和。之前采访时，西卷女士和佐藤律师都说，菅家很容易迎合周围的人。可惜，在强行审讯中，这样温和的个性会带来灾难。

我还有一件事想问菅家，关于他的自供。

当初他认下了三起杀人案，可能导致死刑判决，他为什么要这么做？

菅家几天后接受我的采访，双手交叉在胸前，歪着脑袋说道："当时被逼得不得不承认。现在回想起来，我为什么要那样做呢？""当时我饱受折磨，只想尽快摆脱审讯。我觉得自己非常无能，非常软弱。"

菅家坚持了一天就招供了。

"无论我说多少遍实话，警察们就是不听，他们只想听对他们有利的事，连续十三个小时在我耳边咆哮，不招供他们就不会放过我。那十三个小时对我来说十分漫长。"

我还问了菅家当时去现场指认的情况。

"我记得当时H警部问我抛尸的地点在哪里。我只在报纸上的照片里见过，从没去过那里，根本一头雾水。无奈之下，只好随便乱指。H警部就说，不对，要再过去点。

我只好配合他重新指了一个地方。"

整个办案过程已经胡闹到超出我的想象。

我又问了一个在意很久的问题,就是菅家画的那张鞋底图,旁边还写着"这是我杀害小真实时穿的运动鞋"。为什么会画这样一张图呢?菅家干脆地回答我:"是他们让我画的。"

当时,菅家完全不记得自己鞋底长什么样,于是警察给他看了一张鞋底的照片。应该就是现场发现的足迹对应的鞋底。菅家就对着这张照片画了起来。

那时,突然被认定为凶手的菅家甚至连检察官和律师都分不清楚。他笑着说:"我一直以为审判的时候,会出现一个像大冈越前①那样的人,什么都不问就可以洞察我是冤枉的。"

然而,初次公审时,菅家站到法庭上,总感觉那些可怕的警察们正坐在旁听席上盯着他。H警部与Y刑警也许就在其中,菅家很害怕,承认了所有的起诉内容。

"庭审时,我并没有真切地看到他们,可是,我就是很害怕,总觉得他们就在现场。"

免田也跟我描述过类似的场景,逼供的警察就坐在旁听席上"盯着他",以防他突然翻供。

---

① 日本江户时代知名的审判官员。

直到第六次公审，菅家才敢看向旁听席，发现那些警察并不在那儿。于是，他第一次主张无罪。免田则是在第三次公审才主张无罪。

我还问了菅家，为何要说是用自行车载着小真实。

"我以前经常开车或骑摩托车，可那段时间我去哪儿都骑自行车，所以，当警察问我如何诱拐小真实时，我就顺口说骑车载着她。我不得不这么说，因为要配合警察。"

如果当时警察呵斥菅家，说他讲错了，让他改为"从堤坝走下来"，会有什么后果？

恐怕吉田先生与松本女士目击到的"鲁邦"就直接变成了菅家。当时警察表彰过那些后来被封存的证词，他们也可以瞬间让这些证词变成证明菅家有罪的有力证据。

如此一来，松田女士就不会发出小真实不会坐自行车后座的疑问，而执着于"消失的目击证词"的我也不会走到今天这一步。这一刻，我深深感受到一路走来的不易。

通过采访菅家，我还明白了一件事——菅家只是个普通人。

只要见过他就会知道，他骑车上下班、在幼儿园开校车、喜欢罐装咖啡、偶尔会看寅次郎的电影和成人影片……是一个与你我毫无差别的普通人。这样一个人，司法机关却用DNA型鉴定将他判为杀人犯。

菅家被释放后不久，我见证了他与另一个人的碰面，地点在霞关一角的律师会馆。会馆的会议室里,一个身穿灰色西装、身材矮小的白发男人与菅家用力地握手、谈笑风生。头顶的灯照亮这个男人面庞的一瞬间,我感觉时空交错了——那个被判死刑后通过再审无罪释放的免田,时隔二十六年,我再次见到了他。

菅家还在看守所时,免田就曾多次去探望。这两人都在严酷的审讯中被迫招供、一大段人生不得不在铁窗下度过,残酷的命运令他们无须多言,便可心意相通。

看着站在一起的这两人,我突然有种奇怪的感觉。我似乎忘了什么,可就是想不起来。

菅家的狱中生活究竟是什么样的呢?

千叶监狱常年接收众多服刑人员,菅家住进了一个六人间。

"我周围几乎都是杀人犯,不是杀人就是放火,有些人已经在里面关押了三十年。"

监狱对被错判的菅家而言,是个恐怖的地方。"先进去的人告诉我,第一周算是客人,必须在一周内把监狱的所有规矩记住,可我总是这也做不好那也做不好。"

每次出错,菅家都会被人恶语威胁恐吓。

白天,他要一直做单调的工作,将传送带上的粉色与蓝色塑胶手套装进塑料袋中。菅家说自己很羡慕那些塑胶手套，因为它们可以走出监狱的围墙。

圣诞节时，每人会分到两个小小的蛋糕。喜好甜食的菅家非常开心，可有一次，蛋糕却被一个高大的飙车男抢走了，他还当着菅家的面吃掉了蛋糕。面对一个身高一米八的男人，矮小的菅家毫无还手之力。他平时的纳豆等配菜也被人抢走过，还常被揍得很惨。

"他们找我的碴儿，说我叠不好被子，就打我，还从背后将我的手交叉猛拉，我能听到骨头咔嚓响的声音。"

菅家的胯间还被人踢了，导致无法小便。医务室的医生对他说："菅家，你的蛋蛋没了！"他被人猛踢的时候，睾丸缩入了下腹部；胸部被检查出肋骨断了两根。由于伤得太严重，菅家作为被害人被叫到千叶地方法院去陈述经过。施暴的男子后来被移送到其他监狱。

"菅家在家吗?！"

菅家被捕当天的清晨，玄关处突然响起H警部的一声怒吼，开启了菅家长达十七年半地狱般的人生。而它的终结，也突如其来。

"菅家，你过来一下！"

这回是刑务官。那天早上，菅家照常在监狱的工厂里给百货店的手提袋安塑料把手。他被叫去一个连窗户都没有的小房间，刑务官给他出示了一份文件——释放指挥书。逮捕令、起诉书、判决书、停止服刑执行书……各种文书随意地摆弄着菅家的人生。

那时还很早,可监狱立即为菅家安排了午餐。

"是一份只有胡萝卜的咖喱饭。米饭里七成是大麦,可还是监狱里人气最高的食物。平时量很少,那天不知为何给我盛了一大碗。"

这应该是监狱对他的照顾吧,让他吃饱最后一餐。

接下来,他们还让菅家去洗澡。平时只允许洗十五分钟,这次却可以尽情地洗。这时,菅家才终于相信自己要出狱了。

不过,即便是令人难以想象的监狱生活,菅家也从未绝望。

"我一直坚信,只要凶手落网,我就能洗刷罪名。"

换成是我,我还能够相信什么?可是菅家相信。所以他才不断地往高墙外寄信,总是写着同样内容的信。

  凶手另有其人。

  只要再鉴定 DNA 型,大家就能知道了。

我和他的会面被刑务官拒绝的那天,我一直疑惑他们为何不肯让我见菅家。

然而我错了。

不是他们不让我见菅家,而是他们不让菅家见我。菅家很需要一个能倾听他无罪诉求的对象。可是，法务省是不会允许的。在别无他法的情况下，菅家只能一封接一封地写信。

这难道不是世上最微弱的声音吗？

不，还有更微弱的声音。

我应该去倾听那些九泉之下的小女孩的声音。我要将那盘奥赛罗棋翻盘，将真相公之于众。

我突然想起松田女士告知我菅家将被释放那天的情形。我站在一个陌生的车站，耳边回响着列车加速启动的轰鸣声、到站的开门声、报站名的清脆女声……

"今天下午释放菅家先生。"

听到这句话，我呆呆地握着手机，回过神来，耳边居然响起了潺潺的流水声。那是渡良濑川的水声。我感到坚硬的站台地面变成了一片沙地，眼前是那天蹲着流泪的母子三人的背影，耳边是松田女士对未能迎来成人礼的女儿说的话，以及弟弟妹妹的哽咽。"我好想见一见姐姐……为什么遇害的会是她呢？"这句话随着他们落下的眼泪，渗入脚下的沙土中。

小女孩在梦里轻轻递过来的那个铁皮盒子，如今还在我的手上。

是时候打开那个盒子了。

我要揪出藏在盒子深处的"鲁邦"。

松本女士的素描

第七章

追踪

绝不能让凶手逍遥法外。

我寄希望于警方与检方，却迟迟不见他们有所行动。

东京高等法院的矢村宏审判长认为，将菅家认定为罪犯的判决存在合理的疑点，决定开启再审。在日本，被判死刑或无期徒刑的重案中，共有五起通过再审宣判无罪。上一次再审是"岛田事件"。因此，对警方与检方而言，当务之急是如何应对再审。

栃木县警察局本部部长石川正一郎代表警局正式向菅家道歉："您在很长一段时间里倍受煎熬，我们向您郑重道歉。"

部长说完，低头鞠躬，还表示有警察已经主动退还了当初因破案获得的奖章。

可他与当时的案件并无瓜葛。对他来说，这是任期内从天而降的麻烦，他不得不负责。至于那些获得奖章的警察们，更不会因此从现在的高位上退下来。

而比这些更重要的是，该拿真凶怎么办。

我有些焦躁不安。我完全没有得到警方采取行动的消息，听到的都是"足利事件"完结的各种手续。

难道得自己动手？

的确，我曾在"桶川事件"中锁定凶手，向警方提供了情报。二〇〇六年，静冈县滨松市发生一起抢劫杀人案，我跋涉一万八千公里追踪凶手，最后在巴西的乡下发现了他并立即告知静冈县警察局。第二年，凶手以"代理处罚"的形式被判监禁三十四年。

可不论如何，我只是个记者，如果警方放任真凶不管，将其危险性报道出来才是我的本职工作。

事到如今，我也该坦白了。

我已经锁定了一个疑似"鲁邦"的男人。

如前文所述，开始调查这个案子的第二周，我整理出一个黑色文件夹，文件夹的内容指向一个男人。那时"北关东连环杀童案"的采访工作还未开始，我并不知道他就是现在的"鲁邦"。案子的采访工作开始后，我也在暗中调查这个男人，越查越让我深信不疑。

我的目标从来就不是冤案报道，自始至终都是那个天理难容的凶手。"冤案报道"与"追踪真凶"对我而言是一体两面，都关系到被害人与被害人家属。

"真的太麻烦你们了……"

菅家出狱那天，他一边吃着金枪鱼刺身，一边冲我道歉——他得知了日本电视台之前为他做的那些报道。面对这样的菅家，我说出了内心真实的想法："不，不是这样的。你要是关在监狱里，案情就不合逻辑了，所以我必须把你排除出去。"

"啊？"菅家听了十分诧异，可我是认真的。无论如何我都得请菅家"让开"。在这辆搭载凶手的车上，如果菅家不下车，就没办法让真正的乘客上来。

让我们一起回顾一下这起连环案中凶手的特征。

- 熟知足利市与太田市地形，吸烟，休息日会去弹珠游戏厅。
- 身高一米五六至一米六左右，可以与小女孩顺利交谈且不引起对方哭闹。
- B型血。
- 根据案发年份推断，现在五十岁左右。

从早到晚我脑子里一直想着这个凶手，每天往返于栃木县与群马县，逐一调查两县交界处的弹珠游戏厅，四处探访。

最后，我找到了"鲁邦"的熟人，与他搭话后，得到了意想不到的线索。"那个人之前跟一个很孩子气的女孩住在一起。那个女孩像个中学生，穿很短的裙子，短到一鞠躬内裤就露出来了,我就在想,这是个孩子吗?"

随着调查持续深入,我终于找到"鲁邦"的住所。之后,我请了摄影师黑住周作和我一起行动,想确认可疑人物的行踪,希望能够获取一些证据。我们从早到晚暗中监视那名男子,那些日子简直忙到天昏地暗,必须一边推进菅家冤案的采访工作,一边不暴露行踪地监视"鲁邦"。

我有时把无线对讲机藏在口袋里,戴着耳机在游戏厅里玩弹珠;有时则一边冲着话筒怒吼,一边在深夜的日本国道上追踪"鲁邦"。

最终,"鲁邦"的行踪逐渐清晰:独身。一到周末就在两县交界处往来。到了足利或太田市的游戏厅,就叼着烟玩一整天。我们几次目击到他与疑似熟识的小女孩在一起,或牵手,或背着她们,双方亲密地交谈,还脸贴脸地搂搂抱抱。这些画面,都被黑住拍了下来。

"鲁邦"的存在以及我采访到的内容,对台里严格保密。知情者只有现场的采访团队以及杉本部长等少数管理者。

我还弄到了几张"鲁邦"年轻时的照片,拿这些照片做了个实验。

实验对象是在高尔夫练习中目击到"鲁邦"的吉田先生。

案发后,栃木县警察局让吉田先生看了五十名男子的照片,都是留有案底的萝莉控或心理变态者。

"那里面没有一个像的。"吉田先生说。我将"鲁邦"年轻时的照片从包里取出,若无其事地放到吉田先生面前。

"那么,这张照片上的人呢?"

吉田先生看了一眼照片,瞬间被吸引。他扶了下眼镜,探了探身子,眼睛一眨不眨地盯着照片,片刻后低声咕哝道:"这是谁?这照片你从哪里得到的?没错!就是这种感觉!看上去很机灵的一个人,就是这种感觉!"

我又约吉田先生见面,让他再看了一次照片,想请他具体讲讲。吉田先生对我说:"真的很像!跟那个人非常像!"一边说一边频频点头。

我手中的这些信息本应立刻告知警方,可当时我无法与栃木县警察局取得联系,他们固执地认为案子已破。我向警察局宣传科提出采访请求,他们的回复是"这个案件正在申请再审,我们无法接受采访"。这与"桶川事件"中上尾警察局的应对方式一模一样。

无奈之下,我只好将"鲁邦"的情况提供给隔壁的群马县警察局。如果这些案件都是同一人所为,我收集到的信息或许对"横山由佳梨事件"的侦破有帮助。

二〇〇八年秋天,在太田市一家餐厅的和式房间内,我、杉本纯子和群马县警察局侦查一科的警察坐到了一起。我把自制的地图在桌面上摊开,向对方说明情况:红色圆形标记标注的位置分别是小女孩被诱拐的地点、游戏厅与公园；黑色标记是"鲁邦"的家；灰色标记是"鲁邦"去过的地方。

警察原本专注地听着，可当我提及发现"鲁邦"的经过以及"足利事件"的凶手时，他立刻失去了兴趣——群马县警方也认为"足利事件"已经侦破。虽然我一直强调菅家是清白的，真凶是眼前这个男人，可对方觉得这是胡说八道。这些信息全面否定了日本司法机关的判决，警方不可能采纳。

我愁眉不展。万一又出事了怎么办？"鲁邦"不是没有再次作案的可能。可警方就是不采取行动。无奈之下，我只能先把这些情况写在《ACTION：日本崩坏》一书中，留作记录，希望在某个地方，会有人留意到。

总之，只要菅家还囚禁在高墙内，就有太多无能为力的事。我一边盼望着"足利事件"能重启调查，一边继续追踪警方完全不当回事的"鲁邦"。

当直升机在空中拍摄北关东的案发现场时，我在飞行计划中加了一个地点。直升机在空中大幅盘旋，逐渐降低，向地面靠近。

摄像机的画面终于聚焦在一个点上。从一千英尺的高空看下去，那只是个很小的点。

铁皮盒子般的房子——"鲁邦"的家。

不过,有一件事我始终无法确定,那就是"鲁邦"的血型。如果他是真凶,一定是 B 型血。

可是要如何合法地获知他人的血型呢?我想了很多办法,都行不通。最终我决定,直接去问本人。

晚秋时节,北关东的气温非常低,我站在"鲁邦"家附近,等他回来。夜色逐渐笼罩了这片静谧的住宅区,哈口气就能看见一团白雾。

薄雾中,我突然看到玄关处出现一个小小的黑影。我快步走向那所房子。

昏暗街灯照亮的那张面庞,比照片上苍老许多,眼前的这个中年男人确实很像鲁邦三世。

我告诉他我是一名记者,正在调查过去的一个案子。

"关于十八年前的一起案件,我想请教你几个问题。"我的突然造访让他有点无措。

菅家当时还被关押在监狱,万一这个男人真是凶手,贸然采访可能会打草惊蛇。我只能通过迂回的方式推进对话,先问了他"足利事件"发生当天的事。"那天,你在足利吧?"

"……我不太记得了。"他回答得很含糊。但我已经掌握大量证据,现在只是在套他的话。黑暗中,我不断重复一个问题,他渐渐招架不住,最后终于承认案发当天他的确在足利,而且就在小真实失踪的那家弹珠游戏厅。

不仅如此。虽然他口口声声说自己记不太清当时的情形,却又承认自己见过小真实,还同她说了话。"那是个五六岁的小女孩吧?"

关于案件,我无法直截了当地询问,绕了一大圈才终于知道他的血型就是 B 型。我立刻话锋一转,问他关于"横山由佳梨事件"的事。"太田市也有小女孩失踪,那家弹珠游戏厅你去过吗?"

他立即回答道:"啊,这个我知道。那家店我没去过,他们家的弹珠出不来。"

他明明说自己没去过,却很了解那家店的情况。他没察觉自己话中自相矛盾的地方,继续讲道:"那天我没有去那家店。"

他还主动谈到自己在案发当天去了哪儿,做了什么,可见真的慌了。我从来没有告诉他"横山由佳梨事件"的案发时间与弹珠游戏厅的名字。然而,他却可以在一个突然拜访的记者面前快速回忆并答出十二年前自己的行踪。

这个男人去过相隔十一公里的两个弹珠游戏厅,符合这起连环案凶手的所有特征。与他的这场对话让我心里五味杂陈,记忆深刻。

菅家出狱后,各大媒体并没有发出"追捕真凶"的声音。这起连环案的障碍太多了。首先是菅家的冤案暴露出警方侦查过程中的种种问题——口供不实、DNA型鉴定有误、物证不足,以及警方自身地盘意识过强等。然而最要命的还是追诉时效。

杀人罪等可判死刑的重罪,追诉时效最初是十五年,二〇〇四年十二月《日本刑事诉讼法》修订,改为二十五年(但修订前发生的案件,仍按旧有时效计算)。最后相关规定改为,二〇一〇年四月二十七日前未过追诉时效的重罪,废除追诉时效。

"足利事件"在二〇〇五年五月时效已过,更不用说之前的"福岛万弥事件""长谷部有美事件""大泽朋子事件"。

也许会有人认为,已经过了时效,那就没办法了。但我觉得不能简单地将追诉时效的逻辑用到这个案子上。

对此菅家也很愤怒。"太奇怪了。警察错抓了人,把我关进了监狱,真凶就可以逃之夭夭了吗?一定要抓到真凶!一定要破案!"

导致追诉时效过期的是办案中犯错的警察、错误起诉的检察官以及九年来一次次错判的法院。当初的再审申请被搁置了五年多,他们又怎么能说得出"不知不觉过了时效"这样的话?这是一起冤案,必须重启调查。

可媒体选择集体沉默。

我在本书开头就写过,我非常讨厌追诉时效,尤其是杀人案的时效。自首是死路一条，躲得时间够长就能一笔勾销，如此一来，凶手肯定会选择后者。这样的人断送了别人的人生，最后却因为时效过了就得到豁免，让人无法忍受。

我始终无法理解这一规定，所以坚持报道，希望能够制伏时效这个可怕的妖怪。曾经，有个男人自称是震惊全日本的"府中三亿日元抢劫事件"的凶手，虽然当时追诉时效已过，我还是去采访了他。还有一起杀人案，当时大家都在热议凶手是否会因追诉时效而逃脱法网，最终在时效将至之前，嫌疑人福田和子落网，我立即动身前去福井采访。金泽市发生的金融业夫妇被枪杀案过了追诉时效，我去采访了始终无法接受事实的被害夫妻的独生子。一直以来，我尽我所能做着抨击追诉时效的报道，重案时效也终于从十五年变为二十五年，最后废止。

然而，所谓的废止，也只适用于那些时效未过的案件。

除了"横山由佳梨事件"，其他案件都已过了时效。可是，菅家是清白的，他替真凶服了十七年半的刑，这笔账该如何算呢？在日本现行法律下，难道就没别的突破口了吗？

我不断地查阅资料，进行调查，终于发现了一项例外规定。

《日本刑事诉讼法》第二百五十四条第二项规定，案件中的嫌疑人一旦被起诉,时效就会停止,其效力同样适用于该案的共犯。这是专为多人犯罪的案件设置的,以防逃逸方因时效而躲避了法律的制裁。有法学专家认为,如果出现"误抓的起诉",时效停止的效力也适用于真凶。

通过司法解释,总会有办法制裁真凶,至少应该从时效期限内扣除菅家被起诉到受审的九年时间。这完全是愿不愿意做的问题。

实际上有这样的先例。

有个名叫大坂正明的男人曾被警察厅指定为"重要通缉犯",罪名是"杀人""放火"等。这起案件发生在一九七一年,比"足利事件"早了十九年,时效之所以还未过期,是因为被捕的共犯因患病导致审判中止,适用于《日本刑事诉讼法》第二百五十四条第二项规定。

除此之外,另一个重要原因是,被害人是警察。警方无论如何都要抓住这个杀害自己人的凶手。而我,也不允许任何罪犯逃脱法律的制裁。

其实,目前已有证据可以锁定真凶——小真实的衬衣。凶手留在衬衣上的DNA型已经通过最新鉴定法得到。

那一天终于来临。

手机响了,屏幕上显示的是我一直在等的人的名字。我慢慢接起电话,一个男人的声音在我耳边响起。他是司法界人士，也是 DNA 型鉴定专家。他压低声音，一口气说道："我听说结果出来了。完全一致，分毫不差。就是同一个人啊！"

我紧握手机，深深地呼了一口气。我一直追踪的"鲁邦"与"足利事件"真凶的 DNA 型是一致的。高精度的 STR 法显示，不仅男性独有的"Y 染色体"一致，连男女共有的"常染色体"也完全一致。

分毫不差——挂掉电话后，这个词一直在我耳边回响。一瞬间，我的推论变成了真相，困扰多年的疑问得到解答。我按捺住内心的激动，立刻思考下一步的行动。

我得告诉侦查机关。这不是媒体可以随便发布的头条新闻。

我向杉本部长报告，请他联系侦查机关的高层。事关重大，必须与关键人物碰头。

两周后，我与这位领导面谈，对方听完我的话说："我会想办法，你们能不能再等两个月？"他的声音低沉浑厚，跟我约定会积极推动案件侦破。我与他握手告别，心里预感案件会有进展。

也许"北关东连环杀童案"终于可以侦破，"鲁邦"也会锒铛入狱。到时候，我们也能知道横山由佳梨的下落了。为了不影响警方办案，我决定远远观望。

一天，我看到这样一幕：夏天，群马县，烈日下的弹珠游戏厅前站了个男人，正别有深意地观察着这家店。他穿着褐色T恤，从兜里掏出手机，几分钟后，一群穿着褐色T恤的男人聚了过来，陆续进店。每次店门一开，游戏厅里嘈杂的声浪就混着烟草的浓烟一起涌出来。这些男人分散在店内不同位置，开始玩弹珠。他们时不时转动椅子，用犀利的眼神看向其中一个客人。那个中年男人并不知道自己已经被包围，仍在自顾自地玩弹珠。

中年男人就是"鲁邦"。

那群穿褐色T恤的人是县警察局的侦查员。在侦查领导的命令下，侦查一科的警察开始确认"鲁邦"的行踪，他们有时把车停在足利市弹珠游戏厅的停车场，在车内嚼着口香糖监视出入口；有时则把警车伪装成私家车，停在"鲁邦"家附近。

"鲁邦"所住的街区一角有个垃圾站。在规定日子的早晨，各家会将可燃垃圾扔到这里，堆成一座小山。突然有一天，那个垃圾站的垃圾袋被贴上了五十厘米长的白色胶带，似乎是为了区别什么。

这里头只有一个垃圾袋没有做标记，不久，这个垃圾袋突然从垃圾站消失了。

"鲁邦"的行踪与生活被监视了。

案件有了进展，很快就能真相大白——就在我对此深信不疑时，事态却陷入了一个极其糟糕的局面。

在再审中被判无罪的菅家先生

第八章

混乱

离开本田教授的办公室后,我脑子很混乱。我向他咨询得相当仔细,可真的会发生这样的事吗?在出租车上,我还没有从刚才那个事实带来的冲击中缓过来,无心欣赏车窗外绿意盎然的景色,只喃喃自语道:"完蛋了……"

这是我得知"鲁邦"与凶手 DNA 型完全一致的消息两周后的一个下午,我到筑波大学向本田教授详细了解 DNA 型再鉴定事宜,却听到一件让人难以置信的事——这次鉴定中,凶手的 DNA 型检测出了两种。

实施"足利事件"再鉴定的有检方推荐的铃木教授与辩方推荐的本田教授,鉴定结束后他们分别递交了鉴定书。

铃木教授的鉴定结论是:"检测的三十三个位点中有二十六个不同,因此不是来自同一人。"本田教授的鉴定结论是:"在短袖衬衣上遗留下精液的人与菅家利和不可能是同一人。"

两份鉴定书都得出了相同结论,菅家确实是无罪的。可是,如果仔细比较这两份鉴定书,就会察觉其中差异。

对于从衬衣上检测出的数值，即真凶的 DNA 型，铃木教授的鉴定书中写着，STR 法鉴定出共计三十三个位点；而本田教授的鉴定书中写的却是 STR 法鉴定出八个位点、线粒体法两个位点、MCT118 法十一个位点。

我去见本田教授那天，他说，他其实以 STR 法最终鉴定出了三十六个位点。然而，他用 STR 法鉴定出的位点有一部分与铃木教授的不同。因此，他只将与铃木教授鉴定一致的部分写进了鉴定书。

"确实存在位点不同的情况，但不管怎么说，菅家的 DNA 型没有被检测出来。因此，我在鉴定书上写了正确度很高且与铃木鉴定相同的部分。"

这份鉴定用来证明菅家无罪确实够了。可用来抓捕真凶，就存在很大问题。

当初我与侦查机关的领导会面，告诉他的是"鲁邦"与真凶的 DNA 型完全一致。可这是根据本田教授的鉴定得出的结论，我忽略了本田教授与铃木教授数据的差异。

这下可糟了。

警察已经开始行动了。他们现在应该在秘密进行"鲁邦"的 DNA 型鉴定。我不知道鉴定实施方是科警研还是科搜研，但他们用来对照的凶手 DNA 型绝对来自检方推荐的铃木鉴定书。如此一来，就会与本田教授的鉴定结果有出入，最后将得出"鲁邦"与凶手 DNA 型不一致的结论。

本田鉴定书通过MCT118法检测出真凶的DNA型为"18-24"，受到了科警研的猛烈抨击，他们在意见书中全面否定其结论，根本不可能承认本田鉴定。然而，完全不知检测出两种凶手DNA型的我却自作主张，将"鲁邦"的事告知了警方。

这是我判断失误。我太害怕案件因此被搁置，真相再次没入黑暗。

如果我知道两份鉴定书存在差异，肯定会更加慎重，至少等取得警方一定程度的理解后，再向他们说明本田鉴定书中得到了"DNA型完全一致"的结论。

可如今再怎么懊悔也于事无补。我想在情况复杂化之前赶紧把这件事告诉他们，又担心如果操之过急，恐怕会犯下无法弥补的错误。我脑子里如一团乱麻。

正在我心中烦闷，需要静一静时，手机突然响了。

屏幕上显示的是一个陌生的固定电话号码。号码的前四位表明，它来自霞关。我将冰冷的手机贴上耳朵，听到和我见过面的那位领导的声音："之前我们谈的那件事，不是那个男的。我们做了鉴定，DNA型不吻合……"

我一句话都说不出来。面对如此荒诞的事态，脑中一片空白。

"我刚刚也听说了……"我茫然地望着天空，想说什么却哽在喉头说不出来。凶手DNA型的鉴定结果有两个这样复杂的事，我该如何在电话里向对方说明呢？

"嗯，我就是想告诉你这件事。我会再给你电话。"对方停顿了一下就挂了电话。

我身心俱疲，越想越生气。

辩方与检方推荐的两位鉴定人都是日本数一数二的法医学家、DNA型鉴定专家。两位专家运用最新鉴定技术检测出的DNA型居然不一致，难道不是很严重的问题吗？这不正说明了DNA型鉴定本身不足为信吗？

可我又立刻推翻了自己的想法。

鉴定出现不一致的结果也不是不可能。与其说是技术问题，不如说是鉴定试样的问题。

如果是新鲜血液或口腔黏膜这样活性高、无污染的试样，DNA型鉴定不会有问题，从千叶监狱中采集的菅家血液就没有出现这样的情况。关键在于凶手的试样。那是从被害人衬衣上提取的精液。当时负责鉴定工作的科警研技术人员在一审法庭上做证说，他们用试剂找到衬衣上附着精液的部分，然后剪下一段三毫米的纤维，在显微镜下确认了精子。如今，两位鉴定人用剪刀将那件衬衣一分为二，各自带回一半进行鉴定。也就是说，他们一开始鉴定的衬衣位置是不同的。

衬衣上可能有被害人的DNA型，也可能混杂着侦查人员的唾液；浸泡在河里的衬衣可能沾染了异物，精液痕迹也可能淡化。而且这件衬衣长期常温保存在侦查本部与法院的柜子里，DNA型可能已经淡褪或劣化了。这是一个很难鉴定的样本，连专家也得依赖高技术。当初科警研通过显微镜确认的精子，如今很可能已经不复存在了。

除此之外，两位鉴定人的鉴定方法也有差异。

近年来，科警研在鉴定中使用的都是专业厂商销售的"DNA型检测试剂盒"，以确保再现鉴定结果。铃木教授在这次鉴定中也使用了这种试剂盒。本田教授不仅使用了这种试剂盒，还自己制作了试剂来鉴定。

本田教授说："试剂盒一次可检测多个位点，因试样不同，化学反应有时会不规律，DNA型鉴定上容易出错。"检方在意见书中指出了本田教授没有全程使用试剂盒的问题。

检测出两种凶手DNA型的原因，我已经有了眉目，思路也理顺了些，这时如果再接到那位侦查领导的电话，或许我可以解释得更清楚。

可真是如此吗？解释清楚数据上的差异，他们就能接受吗？

我想起刚才那通电话，对方说到"DNA型不吻合"时，态度明显发生了一百八十度大转变，令我无法理解。侦破案件、逮捕真凶对侦查机关而言是个洗刷污名的大好机会。与他面谈那天，他的表现也十分积极。他应该知道那件衬衣状态之恶劣，鉴定一方或许得出了"不一致"的结论，可另一方却以一百万亿分之一的误差率得出"完全一致"的结论。如今电话里的他，已经与六天前在银座和我相谈甚欢的他判若两人。

难道还是那个老问题？关于检方与科警研都否认的凶手DNA型"18-24"？

我感觉自己陷入了一个非常复杂的局面，不禁头皮发麻。与此同时，我突然想到另一件事。

或许与那个案子有关……

我感到后背一凉。

失望归失望，好在菅家的再审终于提上了日程。可是，蹊跷的事却越来越多。

检方向宇都宫地方法院递交了这样一份意见书：

（一）检察官将对无罪证明展开必要的证据调查。检方申请仅调查大阪医大铃木教授的DNA型鉴定，对于辩护律师提出的调查筑波大学本田教授的DNA型鉴定的申请，一律不予接受。

（二）辩护方为究明错判原因，申请了诸多证据调查。证据调查应当以导出有罪或无罪结论为前提，在一定限度内判断证据效力，而不能将其作为查证侦查与审判程序的手段。"这与被告本身的主观愿望和要求无关","迅速做出无罪判决,在法律层面让菅家从被告与服刑人的身份中解脱,才符合菅家的利益和公共利益"。因此,以究明错判原因及查证侦查程序为目的的证据调查脱离了刑事审判制度的目的,导致程序滞缓,非常不得当。

(三)对于辩护方要求的在期限内梳理此案的侦查程序,因本案无任何争议点,无提交侦查程序的必要,故反对。

简而言之,这段文字的大意是:检方只认可铃木鉴定作为无罪证据,不接受本田鉴定;这个案子没有任何争议点,请求立即判决菅家无罪;调查错判的原因是浪费时间,反对。

检方大概不想查明真相,只想尽快结束再审。菅家被释放后,最高检察厅的副检察长伊藤铁男在记者见面会上明确表示:"我们将迅速应对再审,希望法院能尽早宣读判决。"

大部分媒体似乎都认为再审将平稳有序地推进,"有望年内宣判无罪"的文字到处可见;看了记者见面会的人应该也会觉得检方迅速的应对姿态显示出了十足的诚意。尽管有部分媒体冷眼旁观,点破检方想尽快从这个泥潭中抽身的意图，不过舆论基本朝着"案件已有结果""检察厅与法院必须向菅家道歉"的大方向走。

而我却有不同的看法——检方这么着急抽身，莫非是想守住什么秘密？

在我看来，无论是意见书，还是最高检察厅副检察长的发言，都暗藏某种意图。已是自由之身的菅家不会在乎什么迅速的判决——"我被关押了十七年半，不可能这么轻易作罢。"他想看到的是对当年侦查工作的彻底查证、侦查人员发自内心的赔礼道歉，以及真凶落网。

然而，检方接下来的做法恐怕不是菅家想要的。他们想排除MCT118法鉴定出的凶手DNA型是"18-24"这一结果。此次再审中他们最想保护的，是"DNA型鉴定的神话"。

从媒体报道的角度来看，整件事好像十分简单明了。两位教授分别鉴定了凶手与菅家的DNA型，都得出了两者不一致的结论。因此，菅家无罪，一切尘埃落定。检方似乎想把大家往这个方向引导。

然而，这里面却存在一个检方无法忽视的事实——本田鉴定书。这份鉴定书记录了MCT118法的鉴定结果，即凶手的DNA型是"18-24"。而科警研当时的鉴定结果是"18-30"。如果承认了本田鉴定，就相当于在法庭上当众承认科警研的鉴定错误。

如此一来，利用先进科学技术侦破诸多疑难案件的科警研就会颜面扫地，信用尽失。科警研对各个都道府县警察局的科搜研负有指导培养的责任，是日本科学侦查的大本营。它的证据能力被质疑，是个非常严重的问题。

而我想到的另一件事却远比这个问题严重，甚至可以说是日本司法界的禁忌。我若是日本司法人员，绝对不想与它有任何瓜葛。

那就是发生在福冈县的"饭塚事件"。

一名男子因涉嫌杀害两个女孩被逮捕，关键证据之一就是科警研的DNA型鉴定结果。这名男子在被捕前后一直否认有犯罪行为，可依然被判有罪，执行了死刑。审判中被采纳为证据的DNA型鉴定，用的正是令菅家蒙冤入狱的MCT118法，连鉴定人也是同一批人。

二〇〇八年十月二十八日，即关于"足利事件"有望实施DNA型再鉴定的新闻播出十几天后，我接到一位资深记者的电话。电话那头的人语气沉重地告诉我："你一直关注的久间三千年，今天被执行死刑了……"

我瞬时觉得天旋地转，双脚像被钉死一般无法动弹。

"足利事件"的再鉴定结果出炉、人们对MCT118法产生怀疑，是在久间三千年被执行死刑的六个月之后。

为何不能等到菅家DNA型再鉴定的结果出来后再行刑呢？

法务大臣森英介是在行刑的四天前下达死刑命令的。行刑后,森大臣在记者见面会上做出说明:"出于残忍的动机,被告犯下了杀人罪,对被害人及其亲属而言,罪大恶极。鉴于以上事实,慎重研究后我下令执行死刑。"

案件发生在一九九二年二月,人们在深山中发现两个七岁女孩的尸体,两年后,福冈县警方逮捕了五十六岁的久间三千年。现场采集的血液通过DNA型鉴定,证实与久间一致。

实施鉴定的正是科警研的主任研究官S女士与K技术官。鉴定手法是凝胶与123bp ladder Marker组合的电泳法,与"足利事件"的鉴定方式相同。

久间坚持否认自己与案件有关,可法院依然下达了死刑判决。高等法院判决书中对DNA型鉴定一事如此写道:"依据最高法院的判例,MCT118法的DNA型鉴定结果在一定条件下具有证据效力。"所谓最高法院的判例,就是"足利事件"中的"最高法院平成十二年七月十七日决定"。

也就是说,一旦在"足利事件"的再审中承认科警研的错误,便意味着最高法院的判例被推翻,"饭塚事件"很可能被曝光在大众面前,成为动摇日本死刑制度及司法系统的一大事件。届时法务省恐怕会陷入大麻烦。

所以我才说,我若是日本司法人员,绝对不想与它有任何瓜葛。

森大臣应该只是按照政府办公的常规流程签署了《死刑执行命令书》。但按照《日本刑事诉讼法》第四百七十五条第二项规定，死刑的执行命令要在法院判决后六个月内完成。

同一时间，菅家的DNA型再鉴定一事正闹得沸反盈天，如果森大臣知道当初菅家的DNA型鉴定和"饭塚事件"的鉴定是用同一种方法、由同一技术官实施，他还能如此果决地签署文件吗？

简直糟糕透顶。

我担心再这么下去，本田鉴定会成为一张废纸，"18-24"型也要没入黑暗。自从得知检方意见书的内容，我便坐立不安。

经过整理，我的推论如下：

①从小真实衬衣试样上鉴定的凶手DNA型是"18-24"。
②"鲁邦"的DNA型是"18-24"。
③因此，"鲁邦"就是真凶。

而科警研的主张如下：

①从小真实衬衣试样上鉴定的凶手DNA型是"18-30"。

②"18-24"是凶手以外某个女性的DNA型，与本案无关。

③"鲁邦"的DNA型不是"18-30"，因此不是真凶。

科警研并未明确言及"鲁邦"，但推导出来的结论一定是这样。

必须推翻这种说法。

之前提到，检方取走松田女士的口腔黏膜与小真实的脐带实施了被害人鉴定。那么结果是什么呢？我通过一位负责司法报道的朋友采访到了检方，得到的回复是："是否实施了鉴定是侦查内容的一部分，无可奉告。"也就是说，现在甚至无法确定鉴定是否已经实施，他们更不可能公开鉴定结果。如果我没去采访松田女士，可能连实施被害人DNA型鉴定这事都会被蒙在鼓里。这不禁令我感到恐惧。

再等下去也无法得知被害人的鉴定结果。我决定自己去做鉴定。

一个闷热的夏日傍晚，我把车停在松田女士家门口。

一只褐色小猫在客厅里伸着懒腰。我立刻想起来，小真实生前很喜欢猫。而案发后，松田女士也总是和猫形影不离。

松田女士手捧一个小小的白色旧盒子，坐到了我的对面。盒子里收着一样珍贵无比的东西——小真实的脐带。

"如果能派上用场，请你尽管用吧！"松田女士说着，把小白盒递了过来。盒子上一个金色的"寿"字微微发光，旁边还有龟鹤图案。我把盒子捧在手心，这份微妙的重量让我鼻头一酸。

我将装有小真实脐带与松田女士口腔黏膜的密闭容器紧紧护在胸口，同她辞别，前往筑波市。途中，一桩桩往事浮现在我的脑海。

我想起松田女士第一次打电话来时对我说的话："请你不要再给我们写信了，这让我们很困扰。我们不打算接受采访。"

自那天以后，多久过去了？

松田女士多次接受了我的采访，如果没有她，很多事将永远隐没于黑暗。要是没有这种人与人之间的联结，这个案子会有怎样的结果？我不敢去想。

驱走我这种感伤情绪的，是几天后出来的鉴定结果。我在办公桌前打开了从筑波大学法医学教室寄来的信件。信封上有几行黑字。

鉴定书

松田真实及其母亲松田瞳以MCT118法鉴定的DNA型

委托者：日本电视台记者 清水洁

我打开信封内的文件，两组用黑色墨水写成的数字映入眼帘。我盯着数字，仿佛能听到体内血液流动的声音。

开什么玩笑！

我猛地从椅子上站了起来。

二〇〇九年十月二十一日，"足利事件"终于开庭再审。宇都宫地方法院第二百零六号法庭上，佐藤正信审判长用略异于一般庭审的方式开口说："菅家先生，请您起立。"

称呼被告时加上敬称是特例。已经被释放的菅家没有站在被告席上，而是与辩护律师并肩而坐。这是一个不同寻常的庭审现场。

曾经就在这个法庭上，迫于警方压力的菅家认罪了，现在他面对法官，说出了自己最想说的话："我没有杀人。"

说完后，他侧过脸望向检察官，目光严肃坚定，继续往下说："我希望得到一个我能认同的无罪判决。"

这才是菅家所期望的。案件的真相能在法庭上大白天下，法官能做出一个清晰明了而非模棱两可的无罪判决。

在休庭前的最后一刻，菅家举手要求发言。他起立后说："请让（当时的）检察官出庭。请找到真正的凶手。"

第二次公审上，法庭同意了辩护团的主张，两位鉴定人作为证人出庭。科警研的鉴定照片被出示在两位鉴定人面前。人们屏气凝神，想知道两位法医学者如何评价科警研的鉴定。

检方推荐的铃木教授凝视照片很久后说："不是很清晰。"辩方推荐的本田教授则十分严肃地说："鉴定完全失败。根本无法判定。"两位法医学者都认为当时的鉴定是失败的。

照片上的凶手条带十分模糊，用专家的话来讲，菅家与凶手的条带位置是错开的。这次鉴定还用了有缺陷的标记物。一个外行人都会觉得这样的鉴定疑点重重。

被害人小真实及其母亲的鉴定结果也已递交法庭。这份证据并非出自检方之手，他们依然对被害人的鉴定结果避而不谈。辩护团也因有关规定不能与家属接触。鉴定是我委托本田教授所做，结果如下：

松田真实的 DNA 型　18-31

松田瞳的 DNA 型　30-31

本田教授在法庭上做证道："鉴定明确显示，MCT118 法检测出的被害人松田真实的 DNA 型是'18-31'，其母亲的 DNA 型是'30-31'。"

如此一来，衬衣上残留的"18-24"型只能属于凶手本人。可即便本田教授如此做证，检察官还是装聋作哑。

本田教授陈述完被害人的鉴定结果后，指出一种可能性，即科警研鉴定出的不是凶手的 DNA 型，而是被害人或其家属的 DNA 型。

小真实的 DNA 型是"18-31"，母亲松田瞳的 DNA 型是"30-31"。上文提过，MCT118 法是两个数值的组合，这两个数值分别来自父亲与母亲。也就是说，小真实 DNA 型的数值中，18 来自父亲，31 来自母亲。

案发之前，衬衣上很有可能附着了母女两人的 DNA。既然如此，试样凝胶上出现 18、30、31 三个条带便不难理解。那个消失的 DNA 型，即之前被科警研认定是凶手 DNA 型的数值，正是"18-30"。

科警研通过被害人鉴定，很可能已经知道最初鉴定出的是女儿或母亲的 DNA 型。

佐藤博史律师得知鉴定结果后指出："一九九一年的科警研根本没有能力区分 29、30、31，这是一个把一切混为一谈的可怕鉴定。"

菅家的"18-29"很可能因为太接近"18-30"而被强行认定为与凶手一致。

他们真的会犯这么低级的错误吗?

第四章提到,123bp Ladder Marker 被指出有缺陷后,菅家与凶手的 DNA 型由"16-26"更改为"18-30"。

我在"饭塚事件"的判决书中发现了相同的数值:

> 使用 123bp Ladder Marker 鉴定出的"16-26"型,对应 Allelic Ladder Marker 的"18-30"型,也可能对应"18-29""18-31"……

29、30、31……这些数值是一样的吗?《科学警察研究所报告》中提到,替换新标记物后,旧型号可能对应两个新型号,可"饭塚事件"中的"16-26"型竟然有三个对应数值!再者,出现"也可能"字眼的判决书,真的可以作为下达死刑判决的依据吗?

如果按照"饭塚事件"判决书的逻辑来解释,那么菅家的"18-29"、科警研后来认定为凶手 DNA 型的"18-30"、被害人小真实的"18-31",全都成了相同的型号。

还有更令人难以置信的事情。无论是"足利事件"中的菅家与凶手,还是"饭塚事件"中的久间三千年与凶手,采用科警研有缺陷的标记物鉴定出的结果都是"16-26"型。

真有这样的偶然吗?

检方推荐的铃木教授的证词也令人大跌眼镜。鉴定书上明明没有写,可铃木教授却说他也用MCT118法实施了鉴定。当被问及鉴定结果时,他回答:"DNA型的确显示出来了,但(由于没有标记物)不知道到底是什么型号。"

辩护律师问道:"本田教授也用了MCT118法,为何您二位的结果会有这样的差异?"铃木教授回答:"这恐怕是熟练度的差异。本田教授长期从事研究,所以有办法得出结论。对于我们之间出现的差异,我也很吃惊。"

本田教授则讲出了鉴定过程中与铃木教授通话时的内容:"我一直以为铃木教授没有用MCT118法做鉴定,可四月中旬后,他告诉我,他也紧急实施了MCT118法鉴定,菅家的DNA型是'18-29'。(衬衣上)24虽然出现了,可是18并没有出现。于是我说,这样啊,24出现就好。"

鉴定人之间的交流是得到审判长同意的。本田教授的话证实了铃木教授也检测出了数值24。

这个事实令人震惊。

可检察官依然无视。为了捍卫科警研科学鉴定的权威,他们用法庭上那些满是数字与记号的文件,全力攻击本田鉴定。

法庭上的检察官仿佛潘多拉,拼命想要盖上潘多拉魔盒。

他们到底想守住什么东西呢?是科警研的威信、"饭塚事件"的判决,还是"DNA型鉴定的神话"?

法庭上双方的诉求明明都是无罪判决,可检察官与辩护律师围绕MCT118法鉴定的争论愈演愈烈。

"采用123bp Ladder Marker……""反对!""将'16-26'替换为'18-30'是否是误导?""你们的根据是什么?""当然是科警研论文!""如果看条带……""PCR增幅是失败的。""这是诱导提问。""重复!""轨迹……""多态性……""提问内容与主题无关。""PCR副产物……""反对!""根据密度图所示……""这是争论范围内的问题。""酸性磷酸酶活性……""位点不同。""等位基因类型……"

一桩杀人案的审判现场如同大学讲堂,法庭上充斥着与DNA型有关的专业词汇,我环视一圈,不禁疑惑,在座的到底有多少人能够理解这些内容?法官能听懂吗?

曾经是被告,如今成为被害人的菅家也是一头雾水。毕竟对于非专业人士而言,这是一个难以理解的世界。检方越是死守阵地,场面越是混乱。

面对没完没了的争论,我焦虑起来:司法鉴定过程中，请不要将错误的实验方法称之为科学！所谓科学，是实验结果可以重现、实验结论可以向世界推广的学问。检方之前一直拒绝再鉴定，还把试样常温放置，任其劣化，导致用最新技术也无法得到令人信服的结论。我都替本田教授与铃木教授抱不平。

莫非检方和科警研现在的所作所为，是在放烟幕弹？

我不禁长叹一口气。身处现场的我根本不知道该如何在电视上报道这场庭审。

二〇〇九年十二月，电车的车厢广告上出现一条醒目的标题：《"足利事件"中被警察隐藏的"真凶"》。

这是我写的新闻报道。

在再审有进展而真相仍未知的情况下，不少杂志来约稿，我决定先为《周刊朝日》写稿。

我把目前的疑点都写进了报道，也谈及DNA型鉴定与"饭塚事件"。与此同时，电视台的报道也在同步进行，如《NNN Document》节目中的《"足利事件"：荒唐的冤案》《检方……疑惑再现：被封印的真凶》，《ACTION》特辑里的《"足利事件"的"时效"查证》等。

十二月二十四日，第三次公审中，我的一大疑问终于得到解答。

科警研所长福岛弘文作为证人出庭，辩护律师问道：

"当时到底有没有对被害人实施MCT118法鉴定?"他终于承认道:"我没有看到鉴定结果。应该是没有做。"

果真如此。如果做了,检方就不会再找松田女士。没实施被害人鉴定,科警研鉴定失误的可能性就更大了。

不仅如此,科警研遗失了当时DNA型鉴定底片的事也被曝光了。最后一次公审中,科警研的技术官说:"当时的鉴定结果不是依据照片判定的,而是在解析装置中读取底片,经过校正、计算等程序判定的。"可他们却把最重要的底片搞丢了。或者,难道他们在有意让底片远离公众视线?

我对科警研的怀疑越来越多。

在证人提问的最后,菅家对福岛所长说:"我希望科警研能够向我道歉。"

望着难得露出愠色的菅家,我突然想起了他从狱中寄给我的信。他一笔一画认真写下的每一封信中,都有这么一句话:"DNA型鉴定搞错了。"

十八年前,在警方与科警研高声自夸、媒体大肆吹捧DNA型鉴定之时,只有菅家坚称DNA型鉴定有误。他有权要求科警研道歉。

然而,福岛所长突然开始了一段不知所云的解释。那一刻,我甚至开始怀疑自己的耳朵,怀疑是不是福岛所长理解错了菅家的意思。

"我想说的是，当初鉴定出的结果是正确的。无论怎么鉴定，都不会得出其他结论。这一次是通过更加精准的鉴定方法令大家了解到事实真相，并未发现重大失误。我可以从学术立场上保证。"

这根本就是狡辩。

上文已经多次提及，一九九三年有缺陷的标记物被替换，替换契机是一九九二年的"DNA多型研究会"。研究会上，当时还是信州大学助教的本田教授与眼前的这位福岛所长等五人共同发表了研究报告，成为科警研更换标记物的依据。

而在前一次公审中，本田教授做证说："当时福岛先生是DNA型鉴定的先驱者。他曾表示，（123bp Ladder Marker）存在严重的问题。"

可二〇〇八年当上科警研所长的福岛，却在这次公审中说使用123bp Ladder Marker进行的鉴定"并未发现重大失误"。

二〇一〇年，第五次公审中，法庭公开了审讯菅家的录音。六个多小时的录音，记录下了菅家被捕一年后检察官森川大司的审讯过程。

法庭天花板装有音响，我特意挑了音响底下的座位，手握钢笔，侧耳倾听。菅家在审讯中反复陈述自己是清白的，可检察官不予理会，令我不寒而栗。这段原本作为有罪证明的录音，带我回到了十八年前那个阴暗恐怖的时刻。

"现在正在起诉的小真实一案，就是你干的吧？"

"不是。"菅家小声回答。

"什么？"

"不是。"

"不是？"

"你们刚才说的是什么鉴定？我不太清楚。"

"DNA型鉴定。"

"我有听说过，可我真的没有犯罪啊。"

"鉴定结果显示，你和凶手的DNA型一致。"

"我完全不知道怎么回事。真的，绝对不是我。"

"你说不是你，那你觉得这世上有多少人和你有一样的精液？"

"……"

检察官拿DNA型鉴定当武器，逼迫菅家招供。可是"一样的精液"是什么意思？他们到底是怎么理解DNA型鉴定的？

"反正就是各种意义上的一致。你之前都是认罪的，为什么最近突然否认了？"

"……"

"除了你的供述，我们还有其他证据。你太狡猾了，不然为什么不看着我的眼睛说你无罪？从刚才开始你就没敢看我眼睛！"

"对不起！对不起！"菅家的声音带着哭腔。

检察官依然不依不饶地逼问："你在撒谎，对吧？"

"对不起！饶了我吧！求你们饶了我吧！"菅家声泪俱下。

检察官继续追问："如果你杀了人，就必须好好反省；如果没有，那为什么要承认？"

"……"

接着，检察官开始诱导菅家。"没错吧？小真实案就是这样的吧？"

"是的。"

"是你干的吗？"

"是的。对不起。"

菅家好不容易鼓起勇气否认了罪行，就这样又一次变成了自供。

森川作为证人出庭了。菅家听了这段录音，或许回忆起了往事，面有愧色。他语气强硬地对站在证人台上的前检察官发问："森川先生，请问你如何看待我因不实罪名被关押了长达十七年半的时间这件事？"

曾经的被告质问起了起诉自己的检察官，简直是十八年后的反转。

"作为检察官,我研究了证据,起诉了菅家,并参与了庭审。如今通过DNA型再鉴定,得知菅家并非凶手,我感触颇多。"森川没有看菅家,而是直挺挺地面朝前方发言。

"当时在看守所接受调查,我说了自己没有杀人,可你们为什么不把我的话传达给律师和法院?"菅家一脸怒气,面色涨红。自去年出狱后,我第一次见他这样说话。

"森川先生,也请你向我的家人道歉。他们一直都很痛苦。"

"我想说的刚才已经陈述过了。"

"这事让他们很难受,你觉得这样说就够了吗?"

"我刚刚已经陈述过了。"

"森川先生,你并没有在反省!"

这时现任检察官插话道:"审判长,对方的提问与证人的做证无关,我不明白……"

菅家转向那位检察官,怒气冲冲地说道:"请你闭嘴!这事和你没有关系!"

检察官好似被菅家的气势震住了。

"森川先生,你不打算反省吗?"

审判长此时发话了:"同意提问。请证人回答,你是否在反省?"

法庭一片死寂。我从没在刑事案件的法庭上听过这样的问题。

"我已经陈述过了。"森川既不看菅家,也不低头,只是机械地重复着这句话。

菅家气愤地高声喊道:"你曾说我没有人性,可真正没有人性的人,是你!"

我紧攥钢笔,被菅家悲痛的喊声击倒。

森川的这段审讯录音因没有告知对方有权保持沉默,以及未知会律师等问题,被认定为非法审讯。

法庭外,杉本纯子想要采访森川。"请问当时您对起诉菅家很有把握吗?"

这是个极其寻常的问题,可森川戴着口罩,拿着手中的提包快步离开。

"走开!你们烦死了!"他一边说,一边用手挡住了镜头。

我们还试图采访当时科警研的M室长,可对方闭口不谈当年的事。至于栃木县警察局的那些警察,再鉴定之前,他们自信满满,菅家出狱后,却仿佛变了个人似的,拒绝接受一切采访。

强行取得菅家口供的H警部在家门口一看到我,就说:"我不会再说什么。我已经不当警察了。"说完便转身离开了。H警部令菅家自供了三起案件,如果这些案件都被起诉，菅家就会被判死刑。

菅家被捕两周后，他的父亲因打击太大而病逝，当时H警部对菅家说了什么呢？

"人上了年纪也没办法。被杀害的人更可怜。"

我抬头打量起H警部的房子。

涂了白色砂浆的外墙，一扇铁门，砖瓦围墙守护着一片草坪。这是个安度晚年的好地方。二〇〇七年，我采访H警部时，他是这么说的："不会因为找不到凶手就乱抓人。万一以后在庭审上发现抓错了人，或者又冒出来个凶手怎么办？"

不知H警部会如何看待自己当初的那番话。

判决的前一日，我坐在新闻演播厅的评论席上，解说两个非常重要的点。"无罪是肯定的，重要的是无罪的理由。检方如今说是通过DNA型再鉴定才明确菅家是无罪的，法院的判断会与检方相同吗？还是说，当时的DNA型鉴定根本不能作为有罪证据，却依然强行立案了？这种情况也会得出无罪结论，可性质完全不同。"

关键在于如何评价当时最高法院承认的DNA型鉴定的证据效力，以及法院是否要向菅家道歉。不是高高在上地道歉，而是走下审判席，真正与菅家面对面。

毕竟当初，法院曾要求菅家"用一生去为年仅四岁零八个月便离世的松田真实忏悔"。

检方道歉了，在再审的法庭上建议改判菅家无罪。

三名检察官并排而立，其中一人开口说道："我们起诉了并非凶手的菅家，令其服刑十七年半，犯下了无法挽回的错误，身为检察官，我们感到非常抱歉。"

这是在职的检察官第一次低头致歉。可他们接下来的话却是："希望今后不会再出现这样的情况。"轻描淡写，言辞空洞。这次再审就是一场彻头彻尾的MCT118法保卫战。如果继续包庇危险的鉴定，又怎么能够防止错误再次发生？

法院又是怎么表现的呢？

"菅家先生，请移步证人台。"三月二十六日，审判长的宣判响彻整个法庭。菅家被判无罪，审判长平静地宣读了无罪理由。

身穿深灰色西装、系着红领带的菅家专注地听着对自己的宣判。

关于MCT118法，法庭认可铃木、本田两位证人的质疑。"最高法院认为本案的DNA型鉴定是由掌握其技术的专业人员采用可信的科学方法实施的，可本庭认为，最高法院的认定存在疑点。因此，记录本案DNA型鉴定结果的鉴定书在现阶段不具备证据效力，将从证据中排除。"

地方法院推翻了最高法院的裁定，真是前所未闻。

紧接着是关于菅家自供的裁决："菅家供认的最大原因，是警方告知了他本案DNA型鉴定的结果。"

法院认为DNA型鉴定将菅家的退路堵死了，导致他不得不招供。换句话说，造成这起冤案的主要原因，是DNA型鉴定。

"供述内容缺乏可信度，有明显的虚构内容，因此菅家并非本案凶手。"

这是一份完全无罪的判决。

最后，审判长看着菅家说："由于没能充分倾听菅家先生真实的声音，导致其自由被剥夺，作为本案的审判长，我由衷地表示歉意。"

话音刚落，三位身穿法袍的法官同时起立，向菅家深深地鞠了一躬。"非常抱歉。"

这一幕发生时，带给我的冲击已经不足以用震撼来形容。我静静地看着象征绝对权威的法院与法官向菅家道歉，承认自己的过失，体内有什么东西沿着背脊在涌动。

或许就是现在，日本已经被撼动了。

休庭后，在一片欢呼声中，我隔着围栏与满面笑容的菅家握手。

的确，最高法院承认的DNA型鉴定已经从证据中排除，菅家被判无罪，可判决书中没有提及本田教授的再鉴定结果。法院只采纳了铃木鉴定书，以此为据下达了无罪判决。判决内容并没有具体涉及当时科警研的鉴定结果。

此外，我还注意到了一件事。就在审判长高声宣读判决书中关于DNA型鉴定的部分时，我用余光捕捉到右侧细微的动静——一位检察官悄悄起身，离开了法庭。判决书还未读完，检察官就离席而去，这种行为令我觉得奇怪。后来，我询问了法庭外的记者，得知那位检察官在走廊角落里给谁打了个电话。他那么着急，是要给何人报告何事呢？

就在这一天，松田女士再次被传唤到检察厅。检察厅就在法院隔壁。如果其他媒体察觉，绝对会将检察厅包围得水泄不通，于是，我约了松田女士在附近公园里碰面。

听松田女士讲，检察官已经告诉她审判的结果，并再次向她道歉。之后，我们谈起了菅家出狱的事。

"去年我们曾在这里见过面。正因为您当时对检方严厉斥责，我们才等来了菅家的释放。"

当时检方处境艰难，各方都在向他们施压。有位检察官甚至这么说："释放是可以，问题是被害人家属那边……"

就在这个节骨眼上，松田女士向检方说出了那番话——"你们难道不会说对不起吗？"

如果没有她的帮助，事情不会进展到这一步。

再审终于结束了。菅家摘掉了"凶手"的帽子。接下来,该追问侦查机关何时揭开"足利事件"乃至"北关东连环杀童案"的真相了。

最高检察厅在再审结束后迅速提交了一份报告书:《关于"足利事件"中的侦查、公审等问题点》。我仔细阅读了这份报告书。

关于没有目击者这一点,报告书终于承认了自供的漏洞:"案发当日,弹珠游戏厅及附近没有人目击到菅家,(中略)在其供述的路线中,也无人目击到有人用自行车载着一个疑似被害人的女孩。"

当时,栃木县警方视菅家在堤坝斜坡刹车的举动为"秘密的暴露",可报告书认为"并无可称之为'秘密的暴露'的行为"。报告书中还说:"从菅家住处扣押的物品中,并未发现其为萝莉控的证据。"其余的内容基本与我的报道相同。

报告书也提及了松本女士等人的目击证词,还有"鲁邦":"侦查本部的初始侦查结果显示,案发当日下午六点三十分至六点五十分左右,在渡良濑川岸边,有两位目击者看到疑似凶手的男子与疑似被害人的女孩同行。(中略)其中一位目击者仔细观察了该女孩的衣着与举止,给出了身穿红裙等符合被害人当时特征的描述。由此可见,该目击者很可能看到了被害人与凶手。但由于这段供述与菅家骑车载着被害人的自供内容不一致,检察官认为上述目击者看到的是其他女孩,没对两位目击者展开询问和调查。"

那位县警察局的前侦查队长说过一句话:"有的是穿红裙子的小女孩。"而为了强行配合栃木县警察局的错误思路,检方忽视了"鲁邦"的存在。报告书中承认了这个重大的侦查失误。

报告书还提到凶手连环作案的可能性。"被害女童与V3都是在足利市的弹珠游戏厅附近被诱拐,被害女童与V2的抛尸地点都在渡良濑川的河岸上,由此可以判定,这些案件很可能是同一个凶手所为。"

V2应该是福岛万弥,V3应该是长谷部有美。报告承认这三起案件有共通点。

至于防止案件再次发生的部分,报告书这样写道:"本案同另外两起未侦破的案件很有可能是一人所为。除此之外,昭和六十二年,足利市附近的群马县太田市也发生过类似案件,连同该案,四起案件疑似连环案。"

昭和六十二年的案件就是"大泽朋子事件"。

从我最初将这一系列案件认定为连环案到现在,已经过去了三年,检方终于承认了"北关东连环杀童案"的存在。

可报告书中只提到四起案件,并没有提及"横山由佳梨事件",而四起与五起的意义完全不同。

与此同时,警察厅公布了枥木县警方的侦查问题,内容上与最高检察厅的报告书相似。

警察厅的报告这样分析松本女士的目击证词:"考虑到目击时间与步行方向,两位目击者很可能看到的是同一人,其中一位还目击到一名男子带着一个与自己女儿差不多年纪的女孩。他们出现在河边公园的时间已经很晚了,女孩裙子的颜色比目击者自己女儿的更红一些,这份目击证词具体描述了与被害人一致的衣着特征,可信度极高。"

至于逼迫菅家招供的H警部,报告中这么写道:"当时的侦查主任兼审讯官H警部,本应……(中略)……没有严格查证供述的可信度。"

这也能成为理由吗?因为审讯人是主任,所以其他侦查员便不敢质疑?我想起H警部那副冰冷的面孔和他曾说过的话:"我是组长,还是指导助理,得负责指导刑警。当时的侦查是正确的。"也许,他的手下确实很难和他沟通。

等我回过神来,"足利事件"的热度正在消退。报刊与新闻上关于"足利事件"的报道急剧减少,渡良濑川又恢复了以往的平静。

而我还在现场。因为"北关东连环杀童案"还远未到结束的时候。

可警方迟迟不采取任何行动。

菅家出狱后，也有记者怀疑是同一个人作案，他就是我的朋友T先生。

之前提到，我曾在电话里请他一同参与"足利事件"的报道，被他拒绝了。菅家刚一出狱，T先生立刻给我打来电话，希望采访松本女士。

二〇〇九年六月二十一日，T先生所在的通信社发表了一篇报道，题为《目击者称"十分相似"——一九九六年女童失踪案中的可疑男子》。

这篇报道提到，松本女士认为，在横山由佳梨失踪现场的监控录像中出现的墨镜男，与她在"足利事件"案发地附近目击到的男子走路姿势十分相似，还附上了她画的那张素描。这篇报道指出了栃木县与群马县两起案件的关联性，在关于"足利事件"的报道中独树一帜。

可它引发的反响十分微妙。

T先生的报道登上了新潟县、静冈县等相隔较远的地方的报纸头版头条，可在最关键的栃木县、群马县，以及东京都的报纸上，仅占了社会版的一个小版块。案发当地的报纸则无视了这篇报道。更令人匪夷所思的是，《东京新闻》在发稿当天于网站上上传了这篇报道，报纸上却找不到任何消息。

"到底怎么回事？这种事我还是第一次遇到！"电话

那头的 T 先生气得破口大骂。

事实上，那些被抢了独家新闻的各大报社记者已经纷纷开始跟进采访，但因不知道关键人物松本女士的住处，也不确定松本女士是否肯接受采访，只好跑去老地方——警察厅求证。

那里的警察轻描淡写地将 T 先生的报道总结为"误报"，浇灭了记者们的热情，还说："虽然我们还未公布，可实际上，太田那个案子里，我们找到了凶手的遗留物。"

若果真如此，那警方的发言未免太过简单。他们始终没有明示遗留物到底是什么，只说已经做了 DNA 型鉴定，得到的 DNA 型与"足利事件"的凶手不一致。解释完案件并非同一凶手所为后，警察又说："你们再继续跟进那篇报道的话，会空手而归的。"于是，记者们停止了对这篇报道的转载。

报道就这样从案发地周边的各大报纸上消失了，只有一些并未加入记者俱乐部的地方报纸原文转载了报道。

放着真凶不抓，却拼尽全力屏蔽报道，可见警方在想尽一切方法切断这几起案件的联系。距离由佳梨失踪已经过去十三年，之前这个案子只有监控录像这一条线索，如今却凭空冒出了物证。一直秘而不宣的警方难道是为了击溃一家通信社的报道才这么说的吗？他们当真有物证？

在横山由佳梨家采访时，我提及此事，父亲横山保雄说他有所耳闻。由佳梨刚失踪那会儿，警察曾守在横山家，他那时就从警察口中听到了物证的事。他说，监控录像中有墨镜男在吸烟的画面，警察去调查了那个烟头。

这么大的游戏厅，要如何找出墨镜男的烟头？他和由佳梨坐着的休息区里有个长方形的烟灰缸，难道是从那里面找出来的？

"这个人往那里抖了烟灰，里面有几个烟头，数量不多，他们就调查了全部烟头的牌子。烟灰缸里只有一根烟是其他客人都没吸过的牌子。警察便说，既然没人吸过，那就是凶手的。"

这就是所谓的物证吗？听着就觉得非常不可靠。要是烟头被污染了呢？可以用这样的物品来鉴定DNA型吗？就算测出DNA型，他们会不会又在关键时刻统一口径，说DNA型和衬衣上测出的凶手DNA型不一致？

不管怎样，"横山由佳梨事件"留有物证的消息不能忽略。之后，但凡有机会，我都会去采访相关的侦查人员，可从未听说有什么可断定为墨镜男遗留物的物证出现。

警方故意透露可疑的物证信息，难道是打算强行打破连环案的可能性？我想起"桶川事件"中警方胡乱捏造被害人形象的做法。

有地方不对劲。

我脑中的警报开始响起。

第九章

强震

要求重启调查的家属会

警方与检方承认了连环案的可能性,却不采取行动抓捕凶手,"北关东连环杀童案"难道就这样悄无声息地消失了吗?

五个无辜的小女孩被残忍杀害或下落不明,我却只能这样干等着?我太了解警方与检方的态度了,这种时候,不论通过什么方式,报纸、杂志、电视台……我必须干点什么。

我首先接下了《文艺春秋》的约稿,决定将"鲁邦"的事写下来。

二〇一〇年,《文艺春秋》十月刊刊登了我的文章,开头如下:

> 渡良濑川上吹起初夏之风。太阳已落,河边却还有残光。云朵低垂,有名身形瘦削的男子走了过来。他看上去很机敏,牵着一个红裙女孩。
>
> 他们缓缓走下杂草丛生的堤坝斜坡,阔步朝河流

方向走去。小女孩张开双臂,像只飞舞的小蝴蝶,紧跟在男子身边。片刻后,两人一起站在了水泥护岸上。

第二天上午,人们在附近的沙洲上发现了小女孩赤裸的尸体。红裙子被河里的银柳枝钩住,在水里漂荡。河里还有小女孩的短袖衬衣。

一切就从这里开始。

从现场消失的男子,很像漫画里的"鲁邦三世"……

这是"鲁邦"第一次在媒体上露面。文章的反响超出我的预料。

虽然电视上也曾多次报道此案,可电视与杂志的受众毕竟不同。来自侦查人员、律师等社会各方的电话与邮件不断涌来,我办公桌上堆成小山的来信中,甚至有盖着监狱"检阅完毕"印章的信件。这些信几乎都在喊冤,请我帮助他们。有这样一封信写道:"我虽然杀了人,可不是主犯,只是从犯。我希望你能为我证明……"可我既不是律师,也不是专门的冤案记者。我不清楚是怎么回事,也无能为力。

因为文章反响强烈,《文艺春秋》希望我能继续写下去。于是,十一月刊刊登了《真凶连续诱拐五名女童》;十二月刊发表了《检方隐藏了"真凶的DNA"》。不知不觉,我还是走到了批判检方这一步。

我还去参加了电台节目，在"日本电台"的播音室里讲述了一个小时被封锁消息的连环案。

最后还有了漫画。如今非虚构创作开始图像化，北关东连环案的漫画刊登在《周刊YOUNG JUMP》上，周刊一角有我与杉本纯子的漫画形象。我们每周都追连载，连载结束后，还出了名为《VS.》的单行本。怎样都好。只要能让更多人知道这起连环案，哪怕去路边发传单我也愿意。我还接受了很多报纸、杂志、网络媒体的采访，没完没了地折腾着。

这时，有几位国会议员开始质疑这起案件的不合理性。他们向我了解情况，我告诉了他们很多被隐藏的事实，包括因科警研的危险鉴定，不知道错判了多少人等。

十一月十一日，议员要在参议院行政监督委员会上对案件正式提出质询。我从办公桌抽屉里找出国会记者证，前往国会议事堂。

委员会会议室的窗户挂着厚重的窗帘，一个有力的声音响起："一九七九年到一九九六年，在栃木县足利市和群马县太田市，发生了连环杀童案。案发地集中在县界周围二十公里以内，菅家的案件就是其中一起……"

讲话的是参议院议员风间直树。风间议员提到最高检察厅的报告书，说明了五起案件的共同点，之后进入质询环节。"《文艺春秋》上刊登了日本电视台记者清水洁先生的调查报道。接下来的提问中,我将引用其中的一部分。"

答辩人是法务副大臣小川敏夫与国务大臣冈崎富子。

当风间议员问到,用MCT118法查案和定罪的案件至今分别有多少起时,冈崎国务大臣回答,从一九八九年开始的十五年间,科警研有一百二十一起,科搜研有二十起,合计一百四十一起。

小川副大臣回答,其中有八起案件将MCT118法DNA型鉴定结果纳入定罪证据中。

接着,风间议员问起了DNA型"18-24",还谈及检方与科警研针对本田鉴定所写的意见书。就意见书中关于本田鉴定整体缺乏可信度的评价问道:"这份意见书是为了掩盖科警研鉴定失误的事实吗?"

我忍不住低声附和。一般人都会这样推测。

风间议员进一步说道:"清水记者查到了疑似真凶的男子,锁定了他的姓名与住所。他在文章中写道,已经向有关机关提供了该男子的信息。小川副大臣收到过相关报告吗?"

直逼要害。我认真听着,生怕错过一字一句。面对如此尖锐的问题,法务省会如何回答呢?

"我不接受个别案件的个别报告,我认为警方与检方是依据法律与证据行事的。"

措辞含糊,言之无物。

最后，风间议员责问道："侦查机关重启调查，抓捕真凶，难道不是体恤家属，防止案件再度发生应尽的责任吗？"

小川副大臣答道："如果时效已过，就不能追诉。我不是说重新搜捕毫无意义，可找到嫌疑人，将其公之于众，难道不会产生人权问题吗？"

我目不转睛地盯着小川副大臣，愤怒涌上心头——践踏了菅家人权的法务省不去将真凶绳之以法，反而一口一个凶手的人权，这不可笑吗？小川副大臣的回答分明在说，凶手逍遥法外的事实以及被害人家属的感受并不重要，所谓凶手的人权及时效才是最重要的。

他们手上的材料来自既没有亲历案发现场，也没有与被害人家属交谈过的法务省内部人员。这些人觉得人命是什么？五个年纪尚小的女孩从世上消失了啊！

我愤然离席，头也不回地走了。

三天后，法务大臣柳田稔在就任庆祝会上大放厥词："法务大臣只要记住两句话就够了：不便对个别案件进行回答；依据法律与证据行事。我都不知用过多少回了。"

法务大臣们的工作态度令我惊愕。庆祝会后没多久，柳田大臣因为这两句话被迫辞职了。

而在这不久之前，家属与检方的关系开始恶化。

起因是小真实的那件衬衣。

菅家被判无罪那天，宇都宫地方检察厅的检察官告诉松田女士，由于追诉时效已过，没法搜捕案件真凶。松田女士向检察官提出要求，"如果你们不再查案，请把我女儿的遗物还给我。"

所谓遗物，就是案发时小真实穿的运动衫、裙子，以及那件关键的衬衣。如果不再侦查案件，家属自然可以要求归还遗物。那些是女儿最后时刻穿的衣服，虽然睹物伤情，但若被随意处置，更令人难受。

从那以后，检方再也没有和松田女士联系过。整个四月都没等来回复的松田女士又向警察厅和栃木县警察局提出了返还遗物的要求。直到七月，宇都宫地方检察厅的一名女检察官才致电松田女士，说："等法院手续结束后，我们会立即返还遗物。"

自案件发生以来，松田女士一直受到媒体骚扰，不停更换住所，连小真实的骨灰都没能好好安置，只能在小真实的忌日与生日这两天，为她供上她最喜欢的甜瓜与果汁。如今一切尘埃落定，松田女士决定于八月安置小真实的骨灰，她告诉那位女检察官："我希望能将遗物一并放入墓穴，麻烦你们八月之前返还。"

随后，检方向保管证物的宇都宫地方法院提出返还遗物的申请。

然而,检方拿到证物后,态度却发生了一百八十度大转变。那名女检察官告诉松田女士:"其他遗物随时可以归还,唯独那件衬衣,希望能让我们来保管。"

松田女士非常吃惊。"你们不是说过要还我的吗?现在突然说衬衣不能归还,我实在无法接受。你们说话不算话。"

可对方根本不予理睬。更令人惊讶的是,对方还说:"我们联系了小真实的父亲,他同意我们保管衬衣。"

听到这个消息,我不禁脱口而出:"又来这一套?"

我记得"桶川事件"中,埼玉县警察局在记者见面会上道歉时口口声声说,如果当初调查了名誉毁损的事,就能避免悲剧发生。可当被害人家属向他们问责、提出赔偿诉讼请求,他们居然用侦查时扣押的诗织遗物来攻击家属。他们曲解了诗织的遗言与日记,声称被害人本身也有问题。家属曾几次要求埼玉县警察局归还被害人遗物,却始终求而不得。

松田女士早在数年前就离婚了。

前夫抛下小真实的骨灰与牌位,离开了这个家,小真实的弟弟妹妹由松田女士抚养。检方请求家属协助进行DNA型鉴定时,也是她一人出面应对。她连前夫现在住哪儿都不知道。难道检方突然找到了她的前夫,还得到了他的"同意"?

"前夫为什么会突然出现?他们明明说了要归还遗物,为什么现在才说衬衣不只属于我一个人?"松田女士抱着猫,愤怒地对我说。

一起时效已过的案件,检方从法院取回证物,却不归还被害人家属——他们为什么还在这件衬衣上纠缠?

《日本刑事诉讼法》第一百二十三条规定:"扣押物中无须留置的物品,不必等待被告案件结束,应按照法院裁决即时返还。""若扣押物的所有人或持有人提出返还申请,应按照裁决返还。"

围绕小真实衬衣的返还问题,我在节目与杂志上做了报道。看了报道的风间议员也在法务部门会议上提出了质询。

法务省的政务官如此回答:"小真实遗物的归属人不只有母亲,还有父亲。一人主张返还,另一人主张由检方保管,这让我们很难办。"

特地找来父亲的不是检方吗?现在却说得好像是家属内部的纷争。这回答根本无法让人接受。

行政监督委员会上,这件事也成了焦点。

"被害人的衬衣为何不能还给家属?"风间议员质问小川副大臣。

后者给了一个让人摸不着头脑的回答:"这其中是有内情的。"他继续答道:"衬衣中检测出了疑似凶手的

DNA型。"如果他指的是铃木鉴定结果里的DNA型,那衬衣作为证据的效用,不是早已结束了吗?

检方的目的到底是什么?

我只能将这件事的原委如实报道。

检方的行为终于引起了公众的质疑。曾是检察官的落合洋司律师说:"实在找不到检方不归还衬衣的理由。《日本刑事诉讼法》中规定了证物归还的相关手续。用不合常理的理由拒绝归还证物是违法的。"

违法。我把律师的发言一字一句地记录了下来。随后,落合律师谈及了此事与"饭塚事件"的联系。"检方或许担心当时鉴定的关键性错误会被公之于众。"

原来也有人是这么认为的。

日本律师联合会(简称"日律联")向首相与法务大臣递交了一份《请求设置冤案原因调查究明委员会的意见书》。这份意见书认为,要查明冤案发生的原因,仅靠内部调查是不够的,因此请求设立独立的第三方调查机构。意见书提及了"足利事件"中检方拒绝归还衬衣的情况。日律联就衬衣的保管状况询问宇都宫地方检察厅,只得到"妥善保管"的简单回复。意见书严厉指出,"宇都宫地方检察厅检察官的态度让人怀疑,检方的目的是要让这件短袖衬衣无法实施第三次DNA型鉴定"。意见书中还写道:"当务之急是尽早对短袖衬衣实施DNA型鉴定,通过MCT118法等鉴定方法确认凶手的DNA型。"

如果重新对衬衣进行鉴定，或许可以解决铃木鉴定与本田鉴定之间有所差异的问题。

不知道铃木教授如何评价自己的鉴定结果，我们也电话采访了他。对方回答道："不是自不自信的问题，是靠数据说话。我只是将用科学手段得到的数据提交了上去。"他的语气非常沉着。

当杉本纯子问到衬衣的第三次鉴定是否可行时，铃木教授的回复是："虽然我已经得出一个结果，但再鉴定或许会出现不同的结论。"

与此同时发生的一件事震动了整个警察厅。

科警研在针对本田教授的意见书中写道："本田鉴定中，PCR增幅是通过个人方法实现的，没有使用质量管理有所保障的市售试剂盒。"他们将本田教授没有使用试剂盒作为批判的依据之一。

熟知DNA型鉴定的笹森学律师接受我的采访时指出："再审中出现MCT118法的鉴定结果，检方与科警研估计都慌了。于是他们转而指责本田鉴定中没有使用试剂盒。而铃木教授使用了试剂盒，值得信赖。"

然而，出人意料的是，铃木鉴定中所用的试剂盒被曝出质量问题。

质量管理本应十分严格的试剂盒居然被污染了，在制作过程中混入了不知何人的DNA。

试剂盒发生污染是很严重的事。警察厅购入的试剂盒已被用于全日本两万五千起案件的DNA型鉴定中，虽然一发现问题便停止使用，可警察厅却将消息封锁了数月。在此期间，他们或许已将两万五千个鉴定结果删除。

松田女士曾对我说："检方不肯把衬衣还我，我就说，那请你们再认真地做一次鉴定，找出真凶。可他们也不肯。究竟要怎么做才能让这个案子了结？无论我们怎么说，检方都不理睬，他们只想自保，既不想承认错误，也不想陷入麻烦。"

我决定打破胶着的现状。

二〇一一年三月六日，特别报道节目播出了。节目名字是《ACTION！特别版 连环杀童案出现新情况》。《文艺春秋》中的"鲁邦"引起了强烈的反响，我决定趁热打铁。主持人笛吹雅子走进演播大厅，节目开始。

"'北关东连环杀童案'悬而未决，我们持续地采访报道。终于，一名可疑男子出现在我们的视线中。本期节目将对此进行追踪报道。"

节目持续了一个小时。

"有一个人与本田教授的鉴定结果完全吻合。"我作为解说员，向观众传达"鲁邦"与凶手DNA型一致的情况。

节目的嘉宾是若狭胜律师，原东京地方检察厅公安部部长。

"五个年幼的孩子相继失踪,甚至死亡,这对居民的安全构成了极大的威胁。如何处理这起连环案,我认为检方有不可推卸的责任。"

若狭胜律师的这段发言令我感激不尽。这次节目的总制片人依然是杉本部长。他为了节目的播出四处奔走,甚至做好了丢饭碗的准备。由于节目中有关可疑人物的内容是我们独立调查的结果,若不下定决心,节目根本无法播出。

演播厅内,主持人继续说道:"我们向侦查机关提供了消息,为了侦查工作顺利展开,其间未做任何播报。可侦查迟迟未推进,案件依然没有侦破。"

节目中还谈到了那八起将MCT118法鉴定纳入定罪证据的案件。

"这是关乎正义的问题。只有侦破这五起连环杀童案,才能挽回大家的信任。"节目最后,若狭胜律师总结道。

当天,这些内容以简讯形式反复播出。

三月八日,参议院预算委员会中有人提及此事,地点就在二〇〇〇年追究"桶川事件"中侦查渎职情况的会场。我屏息注视着会场。首相及阁僚悉数列席。

参议院议员有田芳生开始质询。他高度关注此案,曾前往案发现场,走访了相关人员。

"有人在渡良濑川岸边目击到一名男子，日本电视台报道了这名可疑男子，称此人与本田鉴定中的凶手DNA型在三十多个位点上完全一致。而且，《文艺春秋》刊登了日本电视台社会部记者清水洁先生的文章。这名男子在一百万亿分之一的误差率下与凶手的DNA型一致，并且在案发当日与游戏厅里的小真实交谈过。在如此明确的事实下，日本国家公安委员会是如何看待这起案件的呢？"

被点名的日本国家公安委员长中野宽成站了起来，说："警方是在考虑案件发生的所有可能性后，基于法律与证据展开侦查的。再审中，检方委托的DNA型鉴定被采纳为证据，我们认可该结果。"

他的回答只承认了铃木鉴定。接下来他又说道："您指出的三起案件，准确地说，应该是五起，都是针对女童的诱拐杀人抛尸案，失踪地及抛尸地都在足利市或附近，而且离得不远，从这几点来说，警方也意识到有同一人作案的可能。"

我不禁低呼了一声。日本警察最高层的人终于言及连环犯案的可能性。

"我认为，应当在不否认其关联性的前提下查证所有可能性。"

我将放在膝盖上的双手紧握成拳，终于看到希望。

四年前，我因一个怀疑走上了"北关东连环杀童案"

的采访之路,今天,日本国家公安委员长亲口说出了应当开展侦查工作的话。

日本被撼动了。

"一个练习高尔夫球的人目击到这名可疑男子,说他很像漫画中的鲁邦三世……"

在国会议事堂这样庄严肃穆的场所,在列席阁僚面前,一个漫画人物的名字多次出现。之后,当时的首相菅直人开始讲话。

"'足利事件'非常令人痛心。四岁的小女孩被杀害并抛尸荒野;菅家被冤枉成凶手长期服刑;相邻地区接连发生了五起类似案件……为防同类案件再次发生,警方必须认真应对。"

三月十日,《文艺春秋》四月刊即将发行。题为《他是凶手的证据!》的文章将带读者回顾之前报道中的所有内容。

事情进展到此,其他媒体想必也无法再袖手旁观——带着这样的想法,我离开了国会议事堂。

然而,三天后发生的一件事令这一切化为泡影。

东日本大地震。

我与笛吹雅子直奔受灾地。为什么是这个时候?我们没日没夜报道的连环案顷刻之间功亏一篑。这难道是"鲁邦"带来的厄运吗?

这个念头只在脑中一掠而过。地震造成前所未有的伤亡破坏——核电站爆炸、余震不断、无数人下落不明……作为一个新闻人，此时此刻最应该做的是什么？

是尽早抵达现场，举起相机，将采访内容传播出去，让所有人了解眼下发生的一切。

我们好不容易抵达东北受灾地，追寻海啸留下的痕迹，在海岸线徘徊。名取、盐灶、石卷、南三陆、气仙沼、大船渡、釜石、山田、宫古、田老、久慈……无论走到哪里，目之所及都是无垠的悲怆。

接下来的几个月，我在受灾地与东京都之间来回奔波，之前中断的国会答辩重新开始了。

五月十六日，参议院的行政监督委员会上，风间议员向警察厅的刑事局长金高雅仁提问，如何将首相的指示体现在侦查工作中。金高局长回答："'足利事件'与其前后发生的针对女童的恶性案件，不可否认有同一人作案的可能性。"

"前后"，这是一个非常重要的说法，因为"后"发生的只有一起"横山由佳梨事件"。这意味着警察厅终于承认"北关东连环杀童案"的可能性。

但他接下来的回答却含糊不明："警方会全力开展侦查工作。"

面对这样的陈词滥调，风间议员追问道："局长，您这是典型的官方回复,并没有正面回答我的问题。请简明扼要地回答,新一轮侦查工作的指示是否已经下达?"

"我们一贯秉承这样的理念开展侦查工作,并没有下达新的指示。"

"您的意思是,即便首相做出指示,侦查机关也可以不作为吗?"

我胸口像灌满了铅,沉重无比。

警察厅虽然承认有同一人作案的可能,却迟迟没有将这五起案件认定为"跨区域重要指定事件"。这到底是为什么?

金高局长还说:"这些案件中,对于时效未过的,我们会考虑上述可能性开展侦查。"

又是时效。那么便只剩一起"横山由佳梨事件"可以查了。纵然媒体全力报道、国会议员强烈要求、日本国家公安委员长松口承认、首相明确答复,侦查工作依然毫无进展。

最终,被害人家属开始行动了。

这时的关东地区依然笼罩在地震的阴影中。足利站附近的市民广场会议室里,五个家庭第一次聚在一起。促成此次会面的,是横山由佳梨父亲横山保雄的一封信。

> 大家好,我是横山由佳梨的父亲,我的女儿在群

马县太田市弹珠游戏厅里失踪。冒昧打扰各位，十分抱歉。以前大家都认为，足利市发生的三起案件是同一凶手所为，群马县两起案件的凶手另有其人。如今看来，这五起案件很可能是一人所为。但检方与警方迟迟不肯行动。因此，我想与大家见面，商量一下我们可以做些什么。

菅家已经出狱，可自己的女儿到底被何人所害却仍是未知。报道中出现的那个酷似"鲁邦"的可疑人物，让一直盼望由佳梨归来的父母看到了一丝希望。

家属们彼此都不认识，于是杉本纯子当起了中间人，将大家召集在一起。由佳梨父亲信中的话感染了其他家庭。有田芳生议员也出席了这次聚会。

横山先生从椅子上站了起来，开始发言。"在新闻中看到国会质询时，我觉得自己必须行动起来。但我一个人的力量太微弱，如果五起案件的家属们携起手来，或许会推动事情的进展。"横山先生说完，深深地鞠了一躬。在场的家属们深受触动，各自谈起了案发之后的生活。

第一起案件的被害人福岛万弥的父亲福岛让说："案发后过了十二年，有一天，我接到警方的电话，说抓到凶手了，那人就是菅家先生。可是，最后我们这起案件以不予起诉告终。不久，我妻子便去世了，直到去世，她都还以为菅家先生就是凶手。"

听完这话,我倒吸一口凉气。有些事,发生过就无法改写。

福岛先生继续说道:"都已经过去了三十年,才突然告知我们这是起冤案,而且真凶已经因为追诉时效逃脱法律的制裁。就让他这么逍遥法外吗?我无法容忍。犯罪就是犯罪,与时效无关。我每天都在想,这么小的孩子,为什么要让她遭遇这些……"

"福岛万弥事件"发生后的第五年,长谷部有美遇害,她的父亲长谷部秀夫至今对将女儿带去弹珠游戏厅而后悔不已。

"我失去了最心爱的女儿,她失踪那天,我们夫妻俩找了三个小时,可怎么都找不到人……凶手一定还躲在某处,如果不抓到他,我女儿的灵魂无法获得安宁。"

群马县被害的大泽朋子的父亲大泽忠吾,案发时独自一人在富山市工作。那个时间已经没有列车,他直接打车回了家。

"回来的路上,我不停在电话里问,找到人了吗?那段时间无比漫长。刑警在家中装了电话追踪器。那一带一向安全,我始终无法相信会发生这样的事……"

当时他并不知道邻县也发生了诱拐杀童案。一年零两个月后,人们在利根川河边发现了大泽朋子面目全非的尸体。

"看到尸体时,我不肯相信这就是我的女儿。可看到头骨修复后的面孔,我一下认了出来……追诉时效早就过了,我也放弃了。这五起案件应该是同一人所为,就是那个叫'鲁邦'的男人,这就是真相。"

接着,小真实的母亲松田女士发言道:"警察对我们说的第一句话是,又出事了啊。第二天我们找到了女儿的尸体。由佳梨至今不知身在何处,有美与朋子是失踪一年多后才被发现的。我不知道我们家算不算幸运,各位的心情肯定比我们更加煎熬……"

我一时哑然。幸运……没有经历过这些事的人,断断说不出这样的话。

"从那以后,我对生不再眷恋。我没有尽到一个家长的责任。女儿的第三个祭日结束之后,我对她说,如果你在那里很寂寞,就托梦给妈妈,妈妈随时可以过去陪你。"

松田女士还谈到了与我的相遇。"清水先生来采访时,我一开始很排斥,心想现在才来打听案件有什么用。但听了清水先生的话后,我才发现他并不像以前那些记者,只想从我嘴里套话。他告诉我,抓住的人并不是真凶,仅凭这一句话,我就动摇了。"

想知道真相。想做个了断。这是所有被害人家属的诉求。五个家庭如今聚到一处,互相倾诉,这场景让人无法不感动。

这次聚会取名为"足利、太田未破连环案家属会"。

六月二十九日，他们在参议院议员会馆举行了记者见面会，报纸、杂志、电视台、网络媒体等纷纷到场。在记者长枪短炮的包围下，横山先生紧张地握紧话筒，说："我们成立这个家属会，是希望警方与检方能够彻查此案。我们一个人什么都做不了，可如果家属们携起手来，就没有办不到的事情。"

记者见面会上，有田芳生等十名国会议员一并列席。

风间直树议员发言道："这是一起连环诱拐案，在日本前所未有，至今仍未侦破，被束之高阁。如果警方、检方再不行动，侦查机关便只是徒有虚名，成了摆设。"

三原纯子议员接着说："五起案件都没破，这令人恐慌。凶手再次犯罪的可能性非常大。即便有时效这堵高墙，也必须侦破案件，不能让案件随时间流逝而淡去消失。"

大泽朋子的父亲大泽先生说："希望警方能为我们伸张正义，我们期盼警方能够重新开展侦查工作。"

松田女士当天没有出席，但表达了一段自己的想法。"如今人们都指出这些案件的凶手很可能是同一人，警方却不答复、不行动，放任凶手逍遥法外。如此毫无诚意的做法，我无法接受。"

其实记者见面会前几日，警方已经有了动作。栃木县警察局致电松田女士，说："我们这儿有个紧急情况想告诉您。"

得知这个消息，我立马从受灾地宫城县赶回北关东。拜访松田女士的两名警察一进门便直奔主题。"那个酷似鲁邦的男人不是凶手。我们接到警察厅的通知，今天也告知横山先生了。"

他们的解释还是老一套，说警方、检方推荐的鉴定人检测出的DNA型与"鲁邦"不一致。

松田女士再次要求返还小真实的衬衣，结果警察含糊地回答说："衬衣已经作为证物移送检察厅了。"说完便迅速离开了。

同一天，群马县警方也拜访了横山先生家，做了同样的说明。

两个警察局在同一天采取行动，应该是警察厅的指示。同一时刻，警察厅的警察也出现在支持家属会的国会议员面前，要求面谈。面谈内容还是关于凶手与"鲁邦"DNA型不一致的事。

无论对家属还是我，真凶是"鲁邦"还是另有其人都不重要。我们真正想要的是真相，是案件的侦破。

警察厅到底在干什么？

傍晚，日本电视台的员工餐厅冷冷清清。我一个人吃着饭，透过玻璃窗能看到富士山与丹泽山地后面的夕阳。

神奈川县的最高峰蛭岳被笼罩了一层耀眼的橘色光芒。

红色的东京塔右侧,国会议事堂的三角屋顶在鳞次栉比的高楼中格外显眼,霞关巍峨耸立在皇居前。议事堂里响起"鲁邦"的名字,感觉已经是很久之前的事了。

三年前,宇都宫地方法院驳回"足利事件"的再审申请,案件转至东京高等法院,高等检察厅与辩护团对峙。之后,因媒体压力不得不实施的 DNA 型再鉴定证明了菅家并非凶手,科警研登场。法院判决菅家无罪后,警方却迟迟不捉拿真凶。等国会议员开始问责,法务省立刻砌筑时效这堵高墙,警察厅也安排群马与栃木两县的警察跑到被害人家属面前做无谓的解释。

"足利事件"的中心分明是渡良濑川,众人却始终围着霞关打转。

其间就算有其他记者尝试调查,写出了一些与连环案、"鲁邦"相关的报道,警方每次都矢口否认。

很快就要日落了。太阳隐入群山间,霞关没入黑暗。看着眼前的光景,我暗下决心,要调查那起案件。

我离开座位,朝电梯走去。按下电梯键的瞬间,如同按下了引爆开关。

第十章
山道

立在现场的一对地藏石像

我在九州。

福冈县朝仓市的八丁峠是一条鲜有车辆通行的山道。寒冬的天空阴沉沉的,纷飞的雪花落在我的夹克上,能听见微小而清脆的声音。

这是"饭塚事件"中发现两个小女孩尸体的现场。

当初,一直关注这起案件的我听到久间被执行死刑,十分愕然。时间也未免太凑巧了。与"足利事件"不同,此案已经无法再鉴定DNA型,因为现场发现的样本已全部用于科警研的鉴定中。

不过,除了DNA型鉴定,这个案子还有其他证据。因此我来到了现场。

我有种很强烈的预感,如果不实地采访调查,就无法找到我想要的真相。

距离案发已经过去二十年了,现场没有什么有价值的证据。大雪下个不停,覆盖了这段曲折的山路。目之所及,一片雪白。

我发现了一个生锈的橘色弯道反光镜,从它旁边下到杂树林中。根据我之前的调查,抛尸地点就在这条林间小道的尽头往南九米左右。我穿了登山靴,可脚下还是不住地打滑。我调整好姿势,继续往下走,绕到一块巨大的岩石背面,猛然一惊。

那里有一对小小的地藏石像。

石像立在长满青苔的岩石下,上面的人脸圆圆的,双眼紧闭。这一方小天地守护着地藏石像不受飞雪侵扰,得以安然地并肩而立。一想到这对地藏石像出现在这里的原因,我心里堵得慌。

忽然,不知从何处传来了维尔纳《野玫瑰》的旋律。大概是山脚下的有线广播。

我在悲伤的旋律中对着地藏石像合掌祭拜,心想,脚下那片冰冷的斜坡,就是两个小女孩被抛尸的地方吗?

我必须收回之前说过的话,现场并非什么都没有留下。年幼的女孩被夺走生命的伤痕,清晰地印刻在这里。

案件发生在一九九二年二月。被害人是饭塚市一年级的小学生,两人在上学途中被人带走,下落不明。第二天,人们在八丁岭发现了她们的尸体,又在三公里之外的S弯道旁的低洼地里,发现了两人的遗物——黄色的伞、绿色的鞋子、红粉相间的书包。书包还泛着光泽,像新的一样。

两年后,嫌疑人久间三千年被捕。他很早就被锁定为侦查对象,因为有人在案发现场目击到了他的车。

八丁峠在远离市区的深山中,因此可以推测凶手是开车来的。福冈县警方耐心地找寻目击者,终于找到一个男人,他说看到一辆商旅车曾停在发现被害人遗物的现场附近。这份证词表示,那辆商旅车的车身呈深蓝色,后轮是双胎。根据这些特征,警方认定该车型是马自达邦戈;又从后车窗贴着黑色薄膜等细节判断,目击者看到的是久间的车,便传唤了久间。

久间否认犯罪,可警方有现场勘查的证据,而且久间没有不在场证明。警方要求久间提供自己的头发样本。

当时科警研已经在被害人身体及现场树枝上提取血迹,实施了DNA型鉴定。他们采用的正是标记物有缺陷的MCT118法。检测结果显示,从血迹中检测出的非被害人DNA型与久间一致。

然而,警方没有逮捕久间。

与菅家的案子不同,这起案子里没有久间的自供。警方大概认为,仅凭目击证词与DNA型鉴定无法进行公审。

可即便如此,警方依然没有放过久间。他们持续监视久间的行踪,拿着他的照片在周边走访调查。久间十分愤怒,这根本就是把他当成了凶手。为此他跑去警察局抗议。

双方甚至发生过剧烈的肢体冲突。久间与警察扭打成一团,用园艺大剪刀将警察刺伤,这事当时还见了报。报上说,便衣警察在久间住所附近的车上监视他,久间便走过去问他们是谁、从哪儿来,最后还袭警。久间因伤害与暴力行为被捕,交了罚款才了事。

为何警方会紧咬久间不放?就因为他的车子与凶手的极其相似吗?

不,是因为久间有段过去。

一九八八年,饭塚市发生过一起女童失踪案,失踪的女孩叫小 I。小 I 与"饭塚事件"的被害人在同一所小学读书,案发时也刚上一年级。有人曾目击到小 I 失踪前不久在久间家中玩耍,当时警方就已盯上了久间。因此,到了"饭塚事件",警方又怀疑起久间。

警察厅刑事局长曾到"饭塚事件"的现场视察。在福冈县警方看来,这已经成为警察厅关心的重大案件,现场弥漫着"必须破案"的紧张感。

案发七个月后,久间将自己的马自达邦戈折旧卖出,换了辆新车。警方扣押了那辆马自达邦戈,一年后,在车内发现与被害人一致的 O 型血血迹与尿痕。而且,被害人衣物上附着的纤维与车内座椅的布料一致。

DNA 型一致、有目击证词、车内发现血迹、座椅布料纤维一致,证据齐全。于是警方逮捕了久间。

久间被捕后一直否认罪行,一九九九年,法院下达了死刑判决。

福冈地方法院认为检方提交的证据全部是间接证据。"没有直接证据可以证明被告实施了犯罪,通过间接证据证明的每个事实,都无法单独拿出来断定被告就是罪犯。"但另一方面,抛尸现场鉴定出了与久间一致的DNA型,故法院认为,"综上,关于本案被告是罪犯一事超出了合理的质疑范围,可以认定其为罪犯。"

久间提出上诉,福冈高等法院认可一审判决,于二〇〇一年十月做出死刑判决。关于DNA型鉴定的可信度,法院引用了"最高法院平成十二年七月十七日决定",认为可以信任MCT118法鉴定。

二〇〇六年,最高法院确认执行死刑。

二〇〇八年秋天,执行死刑。

我之所以对"饭塚事件"的采访犹豫不决,是因为无法实施DNA型再鉴定,以及若干证据都直指久间。我周围的记者中有不少人认为久间有罪。上网搜索这起案件,立刻会弹出"饭塚事件"的词条,里面引用了判决书,详细地列出了每条证据(于二〇一三年十月搜索)。

比如,目击证词是这么写的:

五名目击者的证词清晰地描绘出凶手作案的车辆特征，如后轮为双胎、车窗上贴着黑色薄膜等，久间拥有一辆相同特征的车。

"足利事件"的DNA型再鉴定结果确认不一致之后，"饭塚事件"的词条上强调，"饭塚事件"的证据并非只有DNA型鉴定。

　　有不少报道对MCT118法鉴定的可信度产生怀疑，可是，本案判决中，DNA型鉴定的证据效力极弱，因此，"足利事件"的再鉴定结果并不影响本案的判决。

大部分人也会这样认为吧。虽然没有自供，可是有五名目击者提供证词，还有血迹、纤维等物证，以及久间诱骗小女孩回家、袭警等前科，他早已给人留下了恶劣的印象。

侦查机关一口咬定此案与"足利事件"完全不同。"足利事件"再审前，报纸上出现过这样一篇报道：

　　前检察官很明确地说："'饭塚事件'与'足利事件'虽然相似，证据链却不同。'饭塚事件'中，

DNA型鉴定只是间接证据之一,其他证据都是齐备的。"(《朝日新闻》二〇〇九年十月二十九日)

我记得很清楚,从确定死刑到执行死刑,时间间隔很短。

有人怀疑这么做是不是为了尽早封口,毕竟死刑的执行,就在"足利事件"有望实施DNA型再鉴定的报道发布后不久。

在二度走访的我看来,事情没那么复杂。

当时检察厅根本没想到,数月之后"足利事件"的DNA型再鉴定会得出不一致的结果,某所属机关法务省估计也毫不知情。在我的采访中,检方相关人员都认为久间有罪,如果检方能意识到MCT118法会出问题,就不会去执行死刑了吧。

执行死刑一年后,久间的妻子与辩护团向福冈地方法院提出再审申请。

在此之前,从未有过执行死刑后再审的先例。

福冈地方法院位于福冈城址内。护城河里开满了莲花,灰色的夜鹭飞翔其间。非公开的再审申请庭审在此进行,法官、检察官、律师也在这里多次举行三方协商会议。

我采访了辩护团的德田靖之律师。

"我们曾以'准备再审'为由,在监狱与久间见面。久间在写给妻子与监狱管教员的信中坚称自己无罪,是清白的。这些信件都会被检阅,因此,福冈监狱对再审申请的计划是知晓的。不知为何会变成这样……我认为再审被人为阻止了。"

一般来说,即便死刑判决已经下达,如果处于再审申请期间,也难以执行。

久间似乎也认为自己还有时间。在执行死刑的两个月前,他曾给市民团体写过一封信,信中说道:"真相只有一个。我是无罪的。""我被不当逮捕,面对警方的拷问,我一直主张无罪,因为我相信法院能认清事实真相。可一次次的死刑判决,已经让我对法院失去了信心。"

法务省会定期开展死刑犯的现状调查,调查单中有一栏专门记录再审申请的动向。难道监狱没有向上级报告久间已提出再审申请的事吗?

在死刑执行后的记者见面会上,法务大臣森英介听到记者问是否知晓久间已经提出再审申请一事时,不由得瞪大了双眼,毫无把握般猛翻手头的资料,然后从中抽出一张,大声朗读起来:"关于此事,如果公开表态,会伤害到死刑犯家属以及被害人家属的心情,因此无可奉告。"

森大臣的回答让我想起免田的话:"再审申请成功时,

你知道检察官是怎么说的吗？他说，老是让死刑犯活着，才会发生这样的事……"

那么匆忙地执行死刑，背后或许另有隐情。

我这趟九州之行是想搞清楚，科警研的MCT118法鉴定是否在"饭塚事件"中发挥了作用。调查后我发现，在这起案件中，凶手DNA型试样的状况比"足利事件"的还要恶劣，鉴定难度更大。

案发现场采集到的血液并非只是一个人的，科警研认为，鉴定的试样是两个被害人与凶手的血液混杂在一起的"混合血"。这种试样的鉴定，即便放在如今采用最尖端技术进行，也非常困难。

科警研从混合血中提取出DNA，用MCT118法实施了鉴定。结果凝胶上出现了数根条带，从中他们得到了被害人的DNA型与凶手的DNA型。

久间的毛发则是以其他凝胶进行的鉴定。

换句话说，凶手与久间的DNA没有同时泳动，无法直接比较条带位置，各个条带位置是用标尺读取后换算成数值的。科警研用这种方式判定凶手与久间的DNA型都是"16-26"，可这个标尺就是上文提到的有缺陷的123bp Ladder Marker，很难不让人怀疑其可信度。

此外，我还得知了一件事。科警研的DNA型鉴定结果出来后,久间并没有立即被逮捕,反而是检方请了第三方再次进行鉴定,可鉴定结果却成了残留记录。

被委托的第三方是东京帝京大学医学部的石山昱夫教授。帝京大学得到的鉴定试样极少,除了久间的头发,还有分别装在四个塑料袋中的四根一厘米左右、淡褐色细丝状纤维。帝京大学认为数量过少,用MCT118法无法鉴定,便采用了线粒体法与HLADQB法。

结果,从纤维中检测出了两个被害人的DNA型,却没有检测出久间的DNA型。不仅如此,通过线粒体法还检测出与被害人及久间都不同的另一种DNA型。这个结果与科警研的鉴定矛盾了。

福冈县警察局是如何处理的呢?这次鉴定以福冈县警察局本部部长之名委托实施,却被认为由于送检试样过于微量,未能检测出久间的DNA型,鉴定书归为残留记录。

挖出警方这个秘密的是辩护团。辩护团得知帝京大学鉴定的存在后,要求检方出示鉴定书,并将其带到了法庭,可法院完全接受了警方的说辞,仅采用科警研的鉴定便下达了死刑判决。

"足利事件"中,日本大学医学部的鉴定结果被宇都宫地方法院驳回;"饭塚事件"中,帝京大学的鉴定同样没能得到采纳。两起案件的判决书中,都高度评价"拥有专业知识、技术、经验"的科警研技术官。可这么高的评价只给科警研妥当吗？我心生怀疑。科警研与大学之间一直开展人才交流活动。二〇〇八年任科警研所长的福岛弘文就曾就读于信州大学，指出 123bp Ladder Marker 存在缺陷。

除了鉴定技术，科警研的所作所为也让人生疑。

他们说，除去送到帝京大学的丝状纤维，剩余的试样都被用完了。这种试样用光、无法再鉴定的情况，本身就很有问题。

当初从现场采集回来的试样有五种，分别是从两名被害人身上采集的四种血液，以及现场树枝上附着的血迹。送检样本的照片显示，试样都是直径一两厘米的脱脂棉块，可送去帝京大学时，只剩四根丝状纤维。

在科警研一九九一年内部读物《用于侦查与鉴证的 DNA 型分析》中，关于鉴定试样的必需用量是这么规定的："可实施 DNA 型分析的血迹量为 $2 \times 2mm$ 以上。"

"饭塚事件"的辩护律师岩田务说："本案中有四个指甲盖大小的试样，这些量足够鉴定一百次了。"

为何"饭塚事件"会消耗如此多的试样，递交给法院的却只是一次的鉴定结果？这次鉴定的负责人与"足利事件"一样，是主任研究官 S 女士。

福冈县科搜研的一位技术官在供述调查书中写道："虽然久间三千年是案件凶手的可能性很大，但为了补充科学警察研究所的鉴定，有必要请第三方机构实施鉴定，因此，委托帝京大学的石山教授用剩下的试样做了鉴定。"

技术官致电科警研的主任研究官S女士，要求返还试样。S女士回答："我们这里剩下的量不够再做一次鉴定，你们不介意的话，就请拿去吧。"

在美国，为了日后可以再鉴定，会预留一些试样，这是DNA型鉴定的前提。如果科学实验的结果要成为定罪的证据，为了证明证据不可动摇，就必须保存试样。

日本《警察官实务六法犯罪侦查规范》中这样规定：

> 第一百八十六条　鉴定血液、精液、唾液、脏器、毛发、药品、爆炸品等物时，尽可能不要全部耗尽试样，必须考虑今后再鉴定的需要，只使用一部分，剩余留存。

那四根丝状纤维就是科警研遵守这条规则的体现吗？一九九五年，S女士在福冈地方法院作为证人出庭，辩护律师问她："如今的状况，是无法再鉴定了吗？"

"是的，没错。"

"是由于没有考虑到再鉴定的可能性，才出现这样的状况吗？"

"给我们试样，我们得出结果，这才是最重要的。只用一半试样没能得出结果，再鉴定时用剩下的一半也无法得到结果。"

听起来有理有据，可如果一开始的鉴定就出错了呢？

不管怎样，已经没有现场采集的试样了。可久间的DNA型还是可以进行再鉴定。

执行死刑后，久间的遗物还给了他的家属。辩护团利用其中的衣物与剃须刀做了鉴定，鉴定人是筑波大学的本田克也教授。

鉴定结果令人惊愕。

之前科警研的鉴定显示凶手与久间都是"16-26"型。可本田教授的鉴定显示，久间的DNA型是"16-27"。难道又是受到缺陷标记物的影响？这个结果很难不令人联想到"足利事件"。

科警研在"饭塚事件"的鉴定中，不仅采用了MCT118法，也采用了HLADQα法（该鉴定结果在判决中并没有被采纳为有罪证据）。本田教授也用HLADQα法实施了鉴定，结果是不一致。不仅如此，血型也出了问题。科警研表示凶手与久间都是B型血，可本田鉴定的结果显示，凶手的血型很可能是AB型。

这是怎么回事？

本田教授的鉴定结论如下：

全部实验中没有检测出符合警方提供的久间三千年的型号：B型血、MCT118法"16-26"型（后改为"18-30"）、HLADQα法"1.3-3"型。因此久间三千年是凶手的可能性可以完全排除。

鉴定结论明确指出科警研的鉴定有误。

帝京大学用那四根丝状纤维鉴定，没有发现久间的DNA型，本田教授的鉴定甚至指出可能存在第三人的DNA型。

只有科警研的鉴定把久间定为凶手。但仔细看那张凝胶照片，会发现"16-26"的条带模糊不清。16若有若无，而26几乎看不见。与"足利事件"一样，条带的位置用红色方框做了标注。

帝京大学的石山教授当时也作为证人出庭了。他看完科警研鉴定的照片后说道："鉴定方法粗陋，技术低下。如果在我的研究室，我会命令重做。"

"饭塚事件"的DNA型鉴定已经相当可疑。不过与"北关东连环杀童案"不同，"饭塚事件"还有目击证词与物证等强有力的证据。

可随着走访深入，我发现其他证据也出现了问题。

例如，关于目击到的汽车。

"饭塚事件"的词条上写着"五名目击者的证词",可我采访后才知道,这五名目击者中,有四个人并没有对车产生太深的印象,只是案发当日在被害人的小学附近看到过疑似深蓝色的马自达邦戈。这些证词中并未出现"看到诱拐现场""看到久间""看到车牌"的描述。

剩下的那名目击者说自己在八丁垰的遗物发现地看到了一辆深蓝色车子,结合上述目击信息,一审判决认为,马自达邦戈很可能是凶手驾驶的车辆。

八丁垰的目击者住在福冈县,名叫A。

案发当日上午十一点左右,A先生开着小型汽车从八丁垰下山,经过遗物发现地附近时,看到一辆停在路边的深蓝色商旅车。他的证词如下:

> 我不知道车牌号,但那是一辆普通的商旅车,不是丰田也不是日产,车型有点老,深蓝色,车身没有条纹,后面的轮胎好像是双胎。轮毂盖中间有黑色条纹。(中略)车窗玻璃是黑色的,看不到车内,我觉得车窗可能贴膜了。

内容详尽。

虽然目击者没有指明是马自达邦戈,但福冈县警方根据证词判断出目击到的车型——马自达邦戈西海岸客货两用旅行车。

高等法院认可A先生的目击证词。

> 侦查机关没有掌握本案凶手驾驶的车辆的信息，根据某某某（A先生）的目击证词，警方开始怀疑目击到的车辆为凶手所有，随后锁定了一辆深蓝色的马自达邦戈。

A先生在证词中还提到一个站在车旁的人。

> 看到有人把车停在拐弯处，我很不满，就把车速降到每小时二十五至三十公里，一边开一边张望到底是什么人在这里停车。结果，看到车右侧的树林里走出来一个男人，他一看见我，慌得脚底一滑，整个人向前扑去。这个男人前额有点秃，头发略长，留了个小分头，上衣好像是针织的淡褐色马甲，胸口有扣子，马甲下是白色长袖翻领衬衣。

这里的证词具体到了每一处细节。
可是如此详细，不觉得很奇怪吗？
辩护团也有同样的疑问。案发现场是山路下坡的S弯道，刹车通过弯道的那十几秒钟，真的能够确认这么多信息还牢记不忘吗？要知道，警方给 A 先生录口供时，已经是目击时间的十七天后了。

A 先生记得马自达邦戈的一大特征——双胎后轮。他在证词中说，是行驶到弯道处探头朝右后方看到的[①]。现场模拟还原的照片中，A 先生从一辆小型汽车的驾驶座探出身子看向右后方。寒冷的二月，在山路上开窗回头，看到另一辆车的双胎，辩护团认为"不可能做到"。

而且，A 先生目击到商旅车的时候，杀人案还未告知公众。按照辩护团的说法，这是一个"偶然看到的日常片段"，可 A 先生却对车和人的细节观察得非常仔细。

在辩护团的委托下，日本大学心理学教授严岛行雄做了目击实验。严岛教授是一位资深行为心理学家，此次实验中，他在八丁峠的同一弯道处停了一辆与马自达邦戈差不多类型的车，安排一个人穿着 A 先生看到的那套衣服，在车旁做出目击证词中的举动。

参与实验的有三十人，他们不知道实验的目的和内容，只被要求用与 A 先生相同的车速分别开车下山。十四天后，严岛教授询问他们当时看到的情况，这个时间比 A 先生录口供时还提前了三天。

最后的结果是，没有一个人能做出与 A 先生相同的

---

① 在日本，车辆靠左行驶，汽车的驾驶座设在右边。

描述。

严岛教授说:"关于车,实验者能说出一些大致特征,比如是深蓝色、箱型车等,却说不出像 A 先生那样详细的目击信息。若将注意力放在人身上,就无法说清楚车的特征;能说清楚车的,就说不清人的状况。"

至于帮警方锁定马自达邦戈的双胎后轮特征,没有一个人留意到。

A 先生的证词中还出现这样的描述:"车身没有条纹""不是丰田也不是日产"。关于这些说法,严岛教授认为,"没有"和"不是"这类否定表达有可能掺杂了自己没经历过的事实,这样特地说出反而很不自然。

"我最开始看口供记录时,发现里面写着'车身没有条纹',觉得十分突兀。后来才知道,有的马自达邦戈车是有条纹的。他以前应该见过有条纹的马自达邦戈。"

马自达邦戈特别车型的车身两侧有两条红色条纹。久间购车后,觉得条纹太醒目,就把它们撕了。这个特征正好成了福冈县警方认定目击车辆为久间所有的根据之一。

关于这份证词,严岛教授在鉴定书中指出:"A 先生的记忆中混入了超出本人直接体验、基于其他来源的记忆。"

严岛教授的话仿佛一则预言,不久之后,一个事实浮出了水面。

还是残留记录。

三方协商会议中，辩护团要求检方出示锁定久间车子的证据，却发现残留记录中的一份《侦查报告书》写道，A先生录口供的两天前，侦查人员去了久间家，了解到他的马自达邦戈车身上没有条纹。这个侦查人员就是日后给A先生录口供的人。

如此一来，根本就难以分清目击证词到底是A先生纯粹的记忆，还是侦查人员诱导提问后得出的结果。

证词一旦出现这种情况，就不再是车身条纹的问题，而变成了侦查人员事先知道嫌疑人车子的品牌和车型，诱导A先生得到目击口供。这与上诉审理判决书中"根据某某某（A先生）的目击证词……锁定了一辆深蓝色的马自达邦戈"的说法矛盾了。

上述证词不由得让人想起"足利事件"中，警方让菅家看着渡良濑川现场的足迹照片画鞋底图的事。

我自己也做了验证目击证词的实验。

坐在与A先生同一类型的车子的驾驶座上，我按照照片里的角度回头看，发现要识别对面车道上车子的后轮，只转动眼珠或扭动脖子根本不行，司机得摇下车窗，大幅度扭动上半身与头部。可这么做实在太别扭了，而且人还在开车，十分危险。

我拿着五十米的卷尺来到S弯道现场仔细测量，以护栏与弯道反光镜为基准，找出目击车辆的停车位置与目击角度。然后利用手上的详细数据、地图与卫星照片,做出CG动画,再现了目击情况。

动画以目击者驾驶车子的视角制作。绿意环绕的S弯道上,司机以证词中二十五公里的时速下山,离右手边停着的一辆深蓝色商旅车越来越近。在"不顾危险只回头看一秒"的设定下,司机从车窗探出身子扭头往后看。这样真的能看清商旅车的细节,以及旁边站立之人的服装与发型吗?

对外播放前,我请一些人看了这个CG动画,别说看清细节,观看者连什么状况都搞不清楚。为了让观看者说清双胎后轮、后车窗贴膜、车身条纹等细节,我多次回放影像,可他们还是很难看清。最后,我只好暂停画面,在细节处标记上颜色,并且加上闪烁提示。

总之,仅凭一瞬间的回首,是不可能看清那么多细节的。这简直是谜团丛生的目击证词。

我找到A先生的住所,想采访他。

我报上电视台的名字,只开了个头,之前还很和气的A先生骤然变脸。"不,我完全不想再提了。就这样吧。"

大门砰的一声关上了。我大吃一惊,再次敲门,希望对方至少能收下我的名片。可他根本不理睬我。我无意责怪A先生,可他为何如此固执?

除了目击证词,还有一个证据——警方从久间的马自达邦戈中发现的 O 型血血迹。警方扣押车辆后，在车内喷洒过鲁米诺试剂，当时没有出现血液反应。不可思议的是，一年之后，他们在剪下来的座椅布料背面发现了血迹，经鉴定得出与被害人血型一致的结论。可是，久间家人中也有 O 型血。

警方还发现，被害人衣物上附着的纤维与马自达邦戈座椅纤维一致。地方法院的判决原本是，"无法判定被害女童衣物上附着的纤维来自马自达邦戈西海岸客货两用旅行车"，可到了二审，却变成"马自达邦戈西海岸客货两用旅行车座椅布料纤维与被害人衣物上附着的纤维成分极其类似，可认为两者一致"。不仅如此，其中的逻辑还绕了一个大圈子："附着纤维的相关鉴定结果（中略）可对目击证词进行补充。结合目击到的车辆信息，很难得出作案车辆不是马自达邦戈的结论。"每个证据的证明力极弱，却又相互印证。一旦推翻目击证词，其他证据也会随之倒塌。

DNA 型鉴定疑点重重，其他证据又越来越不可靠，难不成"饭塚事件"也是一个冤案？就在我越发疑惑时，我得到一个令人震惊的消息。

又是科警研。

在与本田教授的一次通话中，他说："我真是太吃惊了。DNA型鉴定照片外居然还有其他条带。照片是被裁剪过的。"

听上去情况很严重。我反复询问教授，一开始听不太懂，可逐渐理清整件事的脉络后，我愣住了。

我立即前往筑波大学，与本田教授面谈。

这件事的起因，是三方协商会议后，法院将鉴定书中的凝胶底片寄给了辩护团，辩护团用数码相机翻拍底片，请本田教授在电脑上分析，结果发现了一个惊天事实——提交到法院的鉴定照片是被裁剪过的。

底片上显示出了实验结束后所有条带的位置，可是提交到法院的照片，上半部分被裁掉了很多，只能看到实验结果的一小部分。而且，被裁剪掉的边缘，清楚地显示出一个条带，型号大致是"41-46"（当时用的是有缺陷的标记物，无法得出正确的数值，只能估计）。这个条带的信息留在了残留记录里。

原来检测出了一个既不是被害人也不是久间的第三者的DNA型。

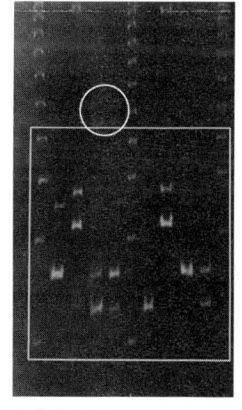

完整的底片 白色方框内是鉴定书上的照片范围。圆圈内是被裁剪掉的"41-46"型。

"饭塚事件"的底片是在辩护团的强烈要求下才被提交给法院的。当时辩护团没注意到，小小的底片上居然还存在一个被裁剪掉的条带。虽然这张底片没有像"足利事件"中的底片那样"遗失"，可科警研提交时不情不愿，拖了很久。

一个被裁减掉的"41-46"型条带到底意味着什么，无法轻易判定，但它可能是凶手的DNA型。这件事连法院都不清楚。

此事被指出时，检方立即反驳说这是"实验目的外的条带"，不是DNA的条带。我采访了一些专业人士，无人可以明确回答什么是"实验目的外的条带"，后来我查到，实验中偶尔会出现被测人DNA之外的东西，但出现概率极低，需多次进行实验才可确认其是否是"实验目的外的条带"。如果真像科警研之前所说，几乎把所有试样都用来反复进行实验，那么实验结果应该会有记录。可当法院让科警研查找是否留存其他资料与实验记录时，科警研的回复是，其他的照片、底片、记录等都已经处理掉了。既然如此，科警研凭什么主张这是"实验目的外的条带"呢？

辩护团严厉地指责了科警研的行为。"他们明显是想让DNA型鉴定的真相淹没于黑暗，这才丢弃了底片与实验记录。"

关于裁剪照片的原因，检方的解释是鉴定书的尺寸有限。可照片不剪裁也完全能放得下，这样的解释没有说服力。鉴定书中还有一张照片，是久间头发的 DNA 型鉴定结果，那张照片更大。而且，就算照片放不下，也可以缩小或另附一页纸。

从底片中查到的事远不止这一件。

"饭塚事件"中，科警研实施了被害人鉴定，用的是从遗体心脏抽取的血液。能用作鉴定试样，说明血液状况应该不差。

鉴定结果显示，被害人小 A 是"18-25"型，小 B 是"23-27"型。然而，通过对底片的分析发现，被害人血液中出现了 16 型条带。16 是检方认定的凶手 DNA 型中的一个数值。

究竟是怎么回事？

本田教授解释道："被害人血液中出现凶手的 DNA 型，可能是 DNA 提取失败、实验受到污染或 PCR 增幅失败导致的结果。"

考虑了多种可能后，本田教授指出："从被害人试样中得出的条带型号，绝不可能是凶手的 DNA 型。"

没错。被害人心脏的血液中怎么可能混入凶手的 DNA？鉴定书上的照片非常暗，根本看不见 16 型条带。当这个事实通过底片公之于众，检方是这么解释的："这个不是条带,是凝胶染色时的斑点。"

德田律师在记者见面会上反驳道:"不管是实验目的外的条带还是染色失误,科警研鉴定的问题在于有人对鉴定照片动了手脚。照片很可能显示了凶手的 DNA 型,可检方却不加以查证,直接裁剪了照片。如果这些事能简单说明,当初就没必要隐瞒。我们认为这种行为是私自篡改。"

篡改——这个词的分量很重,真相已如此明朗,检方要消除嫌疑确实很难。即便是我这样的门外汉也非常疑惑,为什么鉴定照片要卡在"41-46"的正下方裁掉?

岩田律师怀疑"饭塚事件"涉嫌"有罪推定"。小 I 失踪案发生前,小 I 曾经出现在久间家中,检方是不是强行将这个信息与本案联系在了一起?

福冈县警方在审判中给出了如下证词:"一年级小学生小 I 失踪,久间可以说是最后接触小 I 的人。小 I 来到被告久间家中,之后下落不明,没有目击者。"

可我在采访中发现,事实稍有不同。

那一天,小 I 确实到过久间家,但她是和自己的弟弟一起去的。小 I 的弟弟与久间的儿子在幼儿园里是朋友。那个周日,久间在院子里给围墙上漆,妻子也在家中,没有所谓的危险状况发生。

久间被捕的第二天,警察对其住所进行彻底搜查。他们甚至在院子里挖了一个大坑，想要寻找跟案件有关的物证以及久间是萝莉控的证据，可是一无所获。

还有久间袭警的事。报道中提到，久间出言挑衅便衣警察，询问他们的身份，用修剪枝叶的大剪刀将警察刺伤。可是，知情人士是这样说的："当时刑警正在翻久间家的垃圾，被久间发现了，他大声喝问，双方便拉扯起来，这时他手里的大剪刀伤到了刑警。这一过程中，刑警们始终没有公开身份，妨碍执行公务的罪名便不成立，只能算伤害罪。可是，不久之后，其中一名刑警自杀了。"

自杀的理由已经不得而知。但"饭塚事件"的侦查演变成了一场必须对自杀刑警有个交代的战斗。

至此，我为自己在东京都找找旧报道、点点鼠标就对案件妄下判断的行为感到羞愧。现场调查面临距离远、交通不便的问题，但不能什么都不做，就摆出一副什么都懂的样子。

我想起之前的一次采访经历。那时，结束了对德田律师的采访后，我在居酒屋一角与他闲聊起来。

德田律师从一审起就为久间辩护，久间被执行死刑后，他依然为再审四处奔走。他究竟如何评价久间，又是带着何种想法一直为他辩护的呢？我放下手中的筷子，直截了当地问德田律师："我大胆问一句，德田律师，您是不是相信这个案子是个冤案？"

德田律师听后低下了头,随后抬起头,端正坐姿,眼神坚定地望着我,轻轻开口说道:"死刑执行后这种想法尤其强烈。我觉得,久间是清白的。如果更早申请再审,或许就不会执行死刑。感觉是我们杀了久间……"

一个冬日的午后,我在饭塚市的商业街走访商户。

案发时报纸上的一篇报道引起了我的注意。案发当日,一家店铺的店员看到了疑似被害人的两个孩子。如果这两人真是被害人,从时间上看,久间就有不在场证明。

时间过去这么久,商业街都变了样。我要找的店铺如今变成了一个仓库。通过四处走访,我找到了当年目击到两个小朋友的店员。这位女店员对我说:"只看到她们背着红粉相间书包的背影。当时我也是这么对记者说的。"原来这只是一个没有确认目击对象身份的"蹭热点报道"。

就在我道了谢,准备结束采访时,这位店员小声嘀咕了一句:"以前也有人来打听过这事。"

我问是什么时候,她说不久之前。接着又说道:"那人说她是被捕那个人的妻子。"

我沉默了。

申请再审的久间妻子低调地生活在饭塚郊外的一栋房子里。作为罪犯的家属,她经常面对大众严苛的目光,还有人往家中扔过石子。他们的孩子也常被欺负,被叫作"狗熊的孩子""魔鬼的孩子"。

如今这家人成了遗属，仍在拼死抗争。可纵然日后获胜，恢复的不过是名誉，一条鲜活的生命却再也回不来了。

执行死刑真的正确吗？日本司法人员从来没想过另一种可能吗？以 DNA 型鉴定为定罪的证据，真的不需要有丝毫犹豫吗？

那日清晨，久间一定在福冈监狱看过《死刑执行命令书》。

里面究竟写了什么？

要求信息公开后，我们看到了如下内容：

> 法务省刑总秘第一千四百七十六号
> 福冈高等检察厅检察长　栃木庄太郎
> 按照审判结果执行平成十九年二月七日关于久间三千年的死刑呈报。
> 平成二十年十月二十四日
> 法务大臣　森 英介

这是一份 A4 纸大小的文件，文末盖了法务大臣的印章。二月七日的呈报，指的是检方写的《死刑执行呈报书》。

这份以福冈高等检察厅检察长佐渡贤一的名义提交给法务大臣的《死刑执行呈报书》共有五页，其中写道：

"如下文所记,确定对此人判处死刑,发出执行死刑的命令。一、确定死刑者姓名为久间三千年……""侦查线索及抓捕过程另外附纸记录。"

那三张关键的附纸记录内容都被涂黑了。

如此重要的公文为何被涂黑?在一份名为《死刑案审查结果》的文件中,除了第一页的《犯罪事实概要》,从第二页至第九页,整个页面被涂得乱七八糟,根本无法辨别上面写了什么。我想知道其中如何评价MCT118法,却连文件里到底写没写都不知道。

《死刑执行处理书》里的执行见证人一栏也被涂黑了。

福冈高等检察厅 检察官 ■■■■
福冈高等检察厅 检察事务官 ■■■■

为什么连检察官的名字都要隐瞒?检察官是独任制,可以根据自己的判断起诉、求刑。为什么要将这个拥有巨大决定权的人隐藏起来?

我决定去问问见证过死刑的检察官。

"检察厅会派出检察官见证死刑的执行。从判决到执行之间有很长一段时间,大多数情况下,派去见证死刑的检察官已经不是庭审时的检察官了。"

我听后觉得很意外。原来要求死刑的检察官与见证行刑的不是同一人。见证人读了法务省送来的相关文件,了解案情后,出发前往监狱。

"监狱狱长会将检察官带到刑场。我第一次亲眼看到,刑场是一个铺着木板的干净场所,上面亮着裸露的灯泡。见证人坐在刑场对面的椅子上等待。不一会儿,正面的拉门打开,眼睛蒙了白布的死刑犯被刑务官夹着两腋带出来,脖子很快被套上了绳索。"

刑场墙壁的背面,有三到五个并排的红色按钮。每个按钮前站着一名刑务官,他们同时按下按钮,由于油压作用,死刑犯脚下的地板瞬间一分为二。到底是哪个按钮触发了装置,连刑务官都不知道。

"地板一分开,受刑者立刻掉落……我们和刑场之间隔着一层玻璃,什么都听不见。我所在的房间一直播放佛经。我们要等待三十分钟,直到受刑者死亡。然后受刑者脖子上的绳索会被取下,医生上前验尸。检察官确认人已死亡。"

检察官的见证到此为止,之后再收殓遗体,移交给家属。

"当天的工作到中午就算结束,回到检察厅后,会收到装有三万日元现金的信封。这就是所谓的慰劳金吧。之后检察事务官撰写《死刑执行处理书》,检察官签名,工作结束。"

不把慰劳金打入银行账户，是为了不让检察官家人发现他去见证了死刑的执行过程。

见证人是如何被选出来的呢？我随口问了一句。

"抽签选出来的。"

抽签，领三万日元，坐在椅子上见证死亡……我要是检察官，也会希望把自己的名字隐藏起来。

事先声明，我不反对死刑。我认为重罪应该严罚。可是，死刑是不可逆转的刑罚，它不能出现万一，如果真的出现万一，该怎么办？保持沉默？还是道歉、查明原因、制定措施防止同类事件再次发生？

"免田事件"是怎么办的呢？

免田被逼供，含冤入狱，在狱中度过了三十四年，通过不断申诉无罪，最终推翻了死刑判决。

再审中，熊本地方检察厅的检察官伊藤铁男一直要求判处免田死刑。免田无罪释放后，他写了长达两百页的反省文提交上级，同时起誓："侦查工作要经得起任何考验。竭尽全力展开经得起时间考验的侦查，是检察官的使命。"

可免田释放后不过八年，又发生了什么呢？

菅家被误抓。

又过了十七年，时任日本最高检察厅副检察长的伊藤铁男来到菅家释放后的记者见面会，在众人面前致歉："作为一名检察官，起诉了无辜之人，令其入狱服刑，我感到十分抱歉。"

不是说"侦查工作要经得起任何考验"吗?

免田与菅家在律师会馆握手时,我心绪难平。这个场景里,我除了见证他们重获自由,还看到了警方和检方的一错再错。

菅家冤案后,检察官们还能轻易说出"希望今后不会再出现这样的情况"之类的话吗?

我从一个枥木县记者口中听到过这样的事。菅家释放后的记者见面会上,负责警备的警察跟记者们闲聊时说:"菅家就是凶手。"

记者们连忙追问,那个警察回答:"前辈们都这么说,一定不会有错。"明明没有任何依据,不知为何这样的话却传遍了整个警察局。

他们酿成冤案后真的反省了吗?警方并没有意识到当时侦查工作的问题,也没有理解依赖DNA型鉴定必须承担的后果。那些话依然会到处传播,用"科警研说的""前辈说的""就是凶手"等表达给无辜之人贴上标签。

我至今无法忘记一九八三年采访免田时发生的一件事。他当时的表情仍烙印在我脑海中。

当时,我们在熊本市吃过晚饭后打车回去。坐在后座看着窗外的免田突然扭头问司机道:"你认为免田这人怎么样?"

当时在熊本,"免田事件"人人皆知。免田继续问道:"那个人是真杀了人,还是被冤枉的?"

车内一片漆黑,司机看不清后座上的人,估计也想不到免田本人就坐在自己的车里。

"免田啊,他就是凶手吧。一个清白的人怎么会被抓起来呢?不是还被判了死刑吗?这次虽然无罪了,但我认识的一个警察也说他就是凶手呢。"司机笑着操作方向盘。

"是吗……"免田垂眼看着自己的膝盖。

一个人怎么会有如此落寞的表情?

路灯照亮了免田的侧脸。我想找一些话来安慰他,可什么都没能说出口。

下车后,免田开口道:"那是大家的真心话吧。"

严刑逼供的警察、对供述内容深信不疑的检方与法院、跟风报道的媒体……我切身体会到现实的严酷——纵然被判无罪,也无法让每个人都相信他是清白的。我呆呆地目送免田在夜路上渐行渐远,踩在沙砾上的脚步声回响在夜色中。

这一幕仿佛发生在昨天。

法务省等日本司法机关所在的霞关

第十一章

警钟

"北关东连环杀童案"已经被掩埋了。

五个小女孩消失,日本司法系统把一名无辜的男子投入狱中十七年,真正的凶手却逍遥法外。我在报道中一次次提出质疑;狱中的菅家与被害人家属要求破案;数位国会议员查问真相;日本国家公安委员长承诺展开侦查;日本首相发出指示;凶手的DNA型多次鉴定;时效的屏障已被打破……可案件还是逐渐没入黑暗。

这个案件并不复杂。

十七年间,五个小女孩在方圆十公里的土地上接连遇害。我们只能这么冷眼旁观吗?我绝对办不到。

我不遗余力地报道着。之所以执笔写书,是在已经看清事情的结局后,还想再努力一把。我决定把我知道的事与问题都一五一十地记录下来。

所谓报道,究竟是为了什么而存在?采访这个案件的过程中,我一直扪心自问。

拿多少钱办多少事,是这个时代常见的想法。可我不这么认为。我是记者，采访报道是本职工作——追逐谜团，奔赴现场，寻找真相。现场有被害人和家属，他们被凶手与不实报道所伤。我努力靠近这些受伤的灵魂，希望倾听并传播他们微弱的声音。

依附于权力与官衔的怒吼，纵然不予理睬也会响彻四方。可那些微弱的声音却无法轻易传到社会的耳中。在两者之间架起桥梁，就是报道的使命。

"足利事件"中，广大媒体只听信警方的一面之词而忽略了菅家的申辩。

四十五岁，失业，原幼儿园校车司机，周末躲在隐蔽住所里看萝莉控影片。

可菅家之所以失业，是因为幼儿园经营者被警方的秘密侦查吓到了。所谓的隐蔽住所，也不过是一名四十五岁男子离开父母后的独立住所。警方扣押的录像带中，更是没有一部萝莉控影片。

媒体报道了警方编造的故事，大肆宣传DNA型鉴定，为警察厅铸造的神话添砖加瓦。菅家被捕三周后，警察厅在次年获得了一亿一千六百万日元的鉴定器械预算。

在追求速度的报道初期发生这样的事，或许是无奈之举。可当菅家主张无罪时，媒体还是只报道警方和检方的说辞。我无法理解这种做法。

有两件事令我相信菅家是清白的。

第一件，是我发现了"鲁邦"的存在；另一件，是我看到了菅家书信中的一句话："我还剩两千日元的税没交，麻烦你们帮我交一下。"

第一次看到这句话时，我很奇怪这人为什么要担心这样的小事。这封信是在菅家已经供述杀了三个女孩之后写的，如果他是凶手，要担心的可不是什么滞纳的税金，而是死刑。

换位思考一下就明白了。菅家虽然对逼供的警察感到绝望，可仍相信日本这个国家。他后来跟我说："我一直以为审判的时候，会出现一个像大冈越前那样的人，什么都不问就可以洞察我是冤枉的。"菅家相信出色的法官能识别有误的 DNA 型鉴定、严刑逼供下的虚假口供，自己很快就能重见天日。

因此，税金不能不交。

菅家无数次提出，只要再做一次 DNA 型鉴定，便会真相大白，可是，面对菅家的信任，日本的司法系统做了什么？媒体倾听过他的声音吗？

"饭塚事件"中，类似情形再次上演。

申请再审的辩护团举行了数次记者见面会，律师在会上告知公众科警研 DNA 型鉴定的疑点、目击证词的听取经过等。每一次都是记者云集，内容却鲜少见诸报端。一些报社在久间被判有罪时，只报道来自侦查机关的消息，此时对于辩护团的主张，不过辟出豆腐块大小的版面来报道。德田律师在记者见面会上一脸痛苦地批判了这种现状。"上次我告诉大家，检方写了反驳文，我评论他们的反驳非常可笑。可第二天的报纸上只出现了'检方提出反驳'这样的报道。"他深深叹了口气，继续说道，"各位是带着何种心思来听我们的讲述呢？你们听了辩方的话后仍然只写检方的反驳内容，那我们说这么多究竟是为了什么？如果再审后证明久间无罪，报道此案的记者们的所作所为必然会成为焦点。请各位务必回去查证一下，自己的报社过去都报道了什么。凶手论的报道铺天盖地，导致久间的家人连这样的场合都不敢出席。"

究竟应该报道什么？

举个例子，家长去购物，将年幼的孩子留在车内，导致孩子高温中暑死亡。这种悲剧每年都在发生。接着，就会出现千篇一律的新闻："因涉嫌遗弃致死，某某警察局逮捕监护人某某某，于某某日起诉。"

看到这样的报道，人们想必会觉得报道里的家长无可救药，或者一笑置之，认为自己不会做出这样的蠢事。

这类报道的问题究竟出在哪里？

假设你要去超市，孩子在后座睡得正香，你不忍叫醒孩子，觉得自己很快就能回来，打开车内空调后便悄悄地下了车。可超市里的人偏偏很多，你没办法按照预想的速度完成购物。孩子醒了,开始在车里哭着找你,到处乱碰想要打开车门,却误把空调关了,或者把车子熄火了。不久,车内温度攀升,车外春意盎然,车内却超过了五十摄氏度……

记者应该报道的,难道不是这些事实吗?从而促使人们思考事故原因是什么,如何防止这样的悲剧再次发生。

把孩子留在车里,是人在特殊情况下做出的决定。报道时不能无视这一点。要走近当事人,倾听他们在痛苦中发出的声音。

我想起采访横山由佳梨的父亲横山保雄时发生的一件事。

我硬着头皮问他,如今想起由佳梨是什么心情?如何看待自己把孩子带去弹珠游戏厅的行为?

横山先生顿时语塞,低头不语。良久,他才哑着嗓子说道:"是爸爸不好……"

面对摄像机,他潸然泪下,仿佛在向自己的女儿道歉。我把这个场景放到了专题报道的开头,因为不久前的报道收到了观众这样的评论:"把孩子带去弹珠游戏厅,是做父母的不对吧。你们应该播出这样的内容。"

的确,弹珠游戏厅不是小孩子该去的地方,如果父母不带孩子过去,就不会发生这样的事。

可是,这是一起诱拐案,有个穷凶极恶的凶手做出了残忍的事。不对的难道不是凶手吗?

根本无须旁人指指点点,被害人家属一直在忏悔。他们为将最心爱的女儿带去游戏厅而懊悔不已,终日以泪洗面。听到"弹珠",他们内心的伤口得多疼啊。记者们的报道,难道是为了对这些人穷追猛打、让众人心安理得地认为与己无关吗?

小真实失踪的时候,面对拼命找寻爱女的父亲,警察是怎么咆哮的?

"你为什么要把孩子带到弹珠游戏厅?!"

因为这些父母根本不知道足利市连续发生了几起未侦破的重大案件。

案发前四十天,小真实一家才从关西搬到了栃木县,新生活刚刚开始。他们怎么可能知道足利市发生过连环杀童案呢?

群马县的"大泽朋子事件"也是如此。

"那一带一向安全,我始终无法相信会发生这样的事……"大泽朋子的父亲大泽忠吾在家属会上这样说过。他也完全不知道邻县发生了未侦破的案件。

朝着小真实父亲怒吼的栃木县警方在之后做了什么呢?

他们逮捕了菅家,对外宣称足利的三起案件全面侦破。

"警方消除了十二年来足利地区的社会不安定因素,值得庆幸。第三起案件发生后终于逮捕凶手,全要归功于警方的执着与努力。""三起案件全面侦破。十三年来坚持不懈的侦查工作终于取得成果,令人万分感慨。"这样"堂堂正正"抓捕凶手的警察获得了嘉奖,真实情况却是他们错抓了人,三起案件中只起诉了一起。

警钟从未响起。

在这种外部环境下,由佳梨的父母怎么可能有危机感?谁又能够责备在一无所知的情况下,于七夕这天前往弹珠游戏厅的他们呢?

不能再有小女孩无辜丧命了。

我们迫切需要真相。

可警察厅甚至不承认这是同一个凶手连环作案。无论我如何报道,他们就是不承认"横山由佳梨事件"与之前几起案件的连续性。被害人家属召开记者见面会之前,警方拜访各个家庭做说明;T先生发表了有关松本女士证词的报道后,他们又拿出奇怪的物证来牵制报道。

为什么他们要如此大动干戈地将"横山由佳梨事件"孤立起来?

一九九○年,"足利事件"发生。

一九九一年,菅家错误被捕。

一九九六年,"横山由佳梨事件"发生。

如果承认这两起案件是同一凶手所为,就意味着"足利事件"侦查错误,警方根本没能防止同类案件的再次发生。警察厅将会颜面扫地。

"足利事件"发生后,警察厅派侦查一科科长去栃木县警察局当本部部长,强行抓捕菅家,将尚未完备的DNA型鉴定用于侦查工作中。

即便之后被国会问责,警察厅还是搬出了追诉时效的借口,拒不查案。

他们只是怕"足利事件"的侦查错误暴露吗?

我想起"饭塚事件"中DNA型鉴定照片被篡改的事。

如果被剪掉的"41-46"是凶手的DNA型,久间就不是凶手,其他证据将不再有意义。

得知这个篡改行为时,我觉得自己触及了科警研的黑幕。难道是"饭塚事件"成了警察厅重点关注的案件,面对警方与检方的施压,科警研只能出此下策?

负责"足利事件"与"饭塚事件"DNA型鉴定的科警研主任研究官S女士,在"足利事件"DNA型鉴定成为神话的一年之后出了一本书,名为《血迹会讲话》,其中写道:

> 我写下的每一行字,都可能令被害人与嫌疑人的命运发生改变……在试样状况恶劣、难以鉴定的情况下,书写鉴定书,我都感觉自己会折寿。

在"DNA型鉴定的陷阱"一章中,她这么写道:

> 只要推断出凶手的DNA型就能破案的想法大错特错。(中略)DNA型鉴定只不过起到辅助侦查的作用。如果没把这点搞清楚,<u>后果将不堪设想</u>……我一直心怀畏惧。(横线为笔者所加)

我特别能感受到她字里行间的痛心。

身为警方内部人员、科学侦查的专家,她在书里写下DNA型鉴定只起到辅助作用,不可能成为杀人案中的绝对证据,却在现实中将管家送进了监狱,让久间走向了刑场。这些难道不是她在书里写的不堪设想的后果吗?

S女士在"饭塚事件"的调查书中写过,没有剩下足够鉴定的量。这行字与我曾听到的一句话重叠在了一起:"唯独那件衬衣,希望能让我们来保管。"

只要封存两起案件中凶手的DNA型,就能永远拉上鉴定的黑幕。

我也曾听过侦查机关的真实声音。

那天,我与杉本部长和侦查机关的高层碰头,告知对方我们目前掌握到的信息——我注意到"鲁邦"的契机、被大家忽视的调查书、目击到"鲁邦"的证词、"鲁邦"的住所与姓名,以及他的DNA型是"18-24"。

这位领导并不知道在"足利事件"的侦查过程中出现过目击到"鲁邦"的证词,听完后无法掩饰内心的惊讶。看了我带来的资料,他开口说道:"这人就是凶手啊!""我认为他诱拐了小女孩,牵着她走到河边,然后杀死了她。"

他看着照片,深深叹了口气。"居然还有这样一个人存在。"然后用低沉的声音继续说道,"我会想办法,你们能不能再等两个月?"

他要求我们暂时不要报道"鲁邦"。破案优先,这点我没有异议。至于时效障碍,他建议我们从《日本刑事诉讼法》第二百五十四条第二项的解释入手。

可是,六天之后这位领导的态度发生了一百八十度大转变。

他打来电话,告诉我 DNA 型不吻合,言语中满是放弃的意味。

只是因为不吻合吗?致使那么多无辜女孩丧命的案件,他要就此放弃?他们眼中的正义就这么不堪一击?

我回想起那位领导在餐厅里说的一句话:"那么,'18-24'你们可以不追究吗……"

空气突然凝固。

"18-24"果然是他们的致命弱点。

我并没有觉得和他们做了一场交易。为了抓捕真凶,破案当然应该优先于报道。于是，我暂时中断了"18-24"的报道。

结果，我们的约定破裂了。

如今想来，这个连环案被掩埋是有原因的。如果DNA型是"18-24"的"鲁邦"被捕，科警研的错误鉴定就昭然若揭。这一定会对死刑执行完毕的"饭塚事件"造成巨大影响。没有人会愿意冒着引爆这么一颗"炸弹"的风险下令逮捕"鲁邦"。

于是，"北关东连环杀童案"与"炸弹"同归于尽。

可是，有些话我不吐不快。

我已经说过无数次，我对冤假错案、DNA型鉴定没有兴趣。我执着的原因只有一个——那五个孩子的生命。

孩子们做错了什么？

杀人凶手逍遥法外，没被问罪，没有忏悔，安然无恙。

日本司法机关就如此放任不管了吗？

一个法治国家，可以对此视而不见吗？

***

我站在田中桥上，俯瞰渡良濑川。河水向右前方奔流，那里就是案发现场。

距离我第一次来，已经过去多久了？

我在枯萎的芦苇丛中踩出一条路，缓缓前行。湛蓝的天空下，寒风拂面。

五个圆脸小女孩：活泼的小万弥、爱撒娇的小有美、温柔的小朋子、爱猫的小真实、爱放烟火的由佳梨。

你们一头黑发，戴着红帽子，背着黄色书包，满脸笑容，晃动着小辫子。

你们出生时，父母沉浸在多大的喜悦当中啊。你们的笑容让他们无比安心。

你们和爸爸妈妈一起手牵手走路，热热闹闹地围坐在餐桌旁；与朋友嬉笑打闹，睁大圆圆的眼睛观察小动物，手握小蜡笔开心画画。

你们本该拥有这样的未来：在教室里学习，在校园里奔跑，在礼堂里唱着欢快的歌；长大后或许会遇到一个优秀的人，与他结婚，成为母亲。

可是突然有一天，这一切被斩断了。

"鲁邦"，是你干的吧。

你为什么要带走她们？你对她们做了什么？她们在最后说了什么？你现在还大摇大摆地走在街上，周末玩玩弹珠吗？你快乐吗？

这些小女孩会到你的梦中去吗？

你根本不懂她们的家人有多痛苦，他们突然失去了至爱，再也不能呼唤孩子的名字。你体会不到那种令人疯狂的失落感，不知道身处永无终结之日的地狱是什么滋味。你永远不会知道，通知死讯的冷漠声音、太平间的冰冷地面，还有回荡在那里的哭号是什么样。你也无法明白，发现曾经温热的身体只剩无尽冰凉、家中缺失一人后，那无处不在的寂寥。

你为什么要杀人？

由佳梨究竟在哪里？

我疯狂地想要知道一切。

寒风呼啸，我伫立不动。枯萎的芦苇丛沙沙作响，仿佛有人在低声呢喃。

"她当时很害怕吧。天都黑了，被陌生人带到这样的地方……"

"我好想见一见姐姐……为什么遇害的会是她呢？"

"妈妈也不知道。妈妈好希望老天爷把她还给我。"

我一遍又一遍地将这些微弱的声音传播出去。

"鲁邦"，你听到被害人家属的恸哭了吗？

我现在还不能揭露你是谁、你在哪儿。可是，我要在此记录下你的存在。

你逃不掉的！

后记

我突然睁开双眼,昏暗的房间里,有个人站在我的床边。

是个圆脸黑发的女孩,有着黑黑的皮肤,圆圆的眼睛,赤足站在木地板上。她是我的女儿。

你别走……我心里哀求着,伸出手想抱住她,让她坐到我的腿上。然而却扑了个空。

我醒了过来,只看到头顶的天花板,还有又暗又冷的房间。

我经常做这个梦。

我在一场事故中失去了女儿。我恨我自己,也非常悲痛。有些生命无法挽救,有些人无法守护。

人的生命,是上天赐予的。当婴儿发出第一声啼哭,无论是男孩还是女孩,家人都会心怀喜悦地给孩子命名。

名字里饱含了家人深切的爱。一天天过去，喜忧交织的日子缓缓流淌，他（她）会自己用手拿奶瓶，跟跄学步，接着上学，交友，有了学历、头衔、地位、财富……世间的一切，他（她）都会拥有。或许偶尔受挫，因失去心爱之物而感到绝望。不过没关系。什么都可以挽回，什么都可以重来。

唯独生命不同。生命独一无二，无论如何哀叹都无法挽回。女儿的死给了我最痛苦的领悟。

因此我才要亲赴现场。那里有令人肃然起敬的生命。

我经历过许多地狱般的时刻——日本航空 123 号班机空难、阪神淡路大地震、3·11 大地震……我采访过从惨烈事故现场中获救的人们，也目击过许多生命的消逝。

狭小的医疗救护机上，有人在我触手可及的地方停止了心跳。他的妻子在我身边不停地哭泣，我握住她的手，试图给她力量。

我也拍摄过消防队长生前的影像，他为了救人，奋战到最后一刻，壮烈殉职。

极端困境下，总会出现救援队员、消防队员、军人、医生、护士的身影。我深知这些身影的伟大，也相信支撑这一切的，是警察、检察官、法官。如果没有严格的日本司法制度，就无法守护日本人民，更没有安全与和平。

这本书对这群人过于苛刻。然而，我是真的希望他们代表正义的一方，骄傲自信地专注于工作，惩恶扬善。当有一日从岗位上退下时，他们都能问心无愧。

报道工作亦是如此。声音再弱，也要倾听，声音再强，也敢质疑。为何报道，报道何事，必须时刻自省。

本书记录了我对生命及周围各色人物的见解。要严正声明的是，批判与追究某个人或某个机关的责任并非本书的目的。

任何人都会犯错，我亦如此。知错能改，善莫大焉，逃避不是办法。

"北关东连环杀童案"的电视报道，仅特辑与企划节目就不下五十个；月刊杂志的报道连载也超过一年。我们竭尽全力地报道，收获了多方评价，甚至多次领奖，然而遗憾的是，真凶如今依然逍遥法外。

菅家无罪释放后，"布川事件""东电职员杀人事件"[①]等重案在再审中获得无罪判决。DNA 型鉴定的绝对地位被撼动了。这也给了我希望，我将继续关注"北关东连环杀童案"与日本司法的动向。

在此，我要向被害人家属表示深深的感谢。

---

① 1967 年，茨城县利根町布川发生一起抢劫杀人案，住在案发地附近的两名男子被捕，判处无期徒刑，2009 年该案再审，2011 年两人被判无罪；1997 年，东京电力公司的一名女职员被勒死，一名尼泊尔籍男子被捕，2012 年，该男子被无罪释放。

同时，感谢"足利事件"的目击者与相关人员对采访的真诚以待。还要感谢一起制作节目的同事们，感谢当时的报道局局长足立久男先生，是他把我这个小记者拉入电视圈，任我大展拳脚。还有许多一直在默默支持我的人，因无法一一罗列，在此一并致上我最深的谢意。

本书的出版有赖新潮社的北本壮先生和内山淳介先生的大力支持，我对他们不胜感激。

更重要的是，我要为四个死去的孩子祈福。她们分别是福岛万弥、长谷部有美、大泽朋子、松田真实。

最后，还有失踪的横山由佳梨，希望早日得到她的消息。

二〇一三年十一月
清水洁

文库本后记

自本书的单行本问世，已经两年过去了。改版为文库本之际，我想谈谈各方对本书的看法。

本书发行后，首先在网上引起了轰动，书评之多，超出我的想象。虽然发行时已近年末，但很多评论称其为"年度最佳"。许多知名作家与撰稿人评论书中内容，书评网站"HONZ"上的书评多达四篇。不仅如此，我之前写的《桶川跟踪狂杀人事件》一书，以及取材于"北关东连环杀童案"采访过程的漫画《VS.》再度受到关注。报刊上刊登了许多关于我的采访。凭借这本书，我获得了"大宅壮一非虚构文学奖"提名、"新潮纪实奖"，被纪伊国屋书店店员评选为"纪伊最佳"，被《书的杂志》评为年度第二，还获得了"日本推理作家协会奖"的评论部门奖。日本推理作家协会把奖项颁发给非虚构作品，非常少见。

我心怀感激地接受了这些荣誉,希望能有更多人通过本书了解案件的全貌。任何采访我都来者不拒,电视台与电台的邀约也每场必到,我还走进大学发表演讲。我相信,邀约我的各位必定是在看完全书、了解真相后,满怀热情地希望将正义之声传播出去。我非常感激参与其中的每个人。

然而,最关键的案件本身却毫无进展。

菅家出狱后,我数次在电视上报道"北关东连环杀童案"的后续情况,月刊杂志上刊登的文章中也做了详细论述。相关讯息已经传达给县警察局,惊动了检察厅高层。这些疑问甚至被带进了国会,当时的首相做出指示,日本国家公安委员长也承诺侦查。可是,侦查触角始终未能伸向"鲁邦"。因此,我孤注一掷地在书中披露这一切,希望能唤起一些正义之声。

"就让鲁邦这么逍遥法外吗?""为什么警方不采取行动?""真相无法揭开吗?"这些声音在本书发行后陆续出现。

二〇一五年七月,参议院议员有田芳生在行政监督委员会中发出质询,要求相关人员确认这五起案件是否是同一凶手所为。

做出答复的是警察厅的官房审议官露木康浩。"这些都是以年幼女童为对象的诱拐或杀人案,被害人失踪的地点也非常接近,不可否认有同一凶手作案的可能性。"

有田议员进一步询问目前的侦查状况。"据我所知，群马县警方与枥木县警方联手，正在侦查时效未到的'横山由佳梨事件'。"

随后，官房审议官复述了一遍以往的侦查方针。他们没想越过时效的障碍，也并不重视案件的连续性。

本书问世的这两年间，某个电视节目曾讨论过，"'横山由佳梨事件'的凶手会不会是女性？"

节目中的推测十分大胆，案发时，监控摄像头捕捉到的头戴棒球帽的墨镜男身高一米五八，从体格上判断，可能是个女人。可由佳梨在失踪前向母亲提过的"和蔼的叔叔"要怎么解释？如果从监控录像中无法分辨凶手的性别，指认凶手相貌和着装特征，警方所谓的"人像"便毫无意义。

对于凶手身高一米五八的描述，我一直持怀疑态度。我在本书第六章里写道：

> 我采访过群马县警察局的前侦查队长，他说身高可能有前后两厘米的误差，即一米五六到一米六之间。

关于如何推断身高，这位前侦查队长告诉了我更详细的内情。采访前，我以为他们是从监控摄像头的角度以及录像中的背景等方面科学推算出可疑男子的身高。可实际上,他苦笑道:"我们让大中小三个不同体型的侦查人员站在录像中相同的位置,发现那个体型最小的人看上去与录像中的人大致等高。那个侦查人员身高一米五八,因此,嫌疑人的身高就在一米五六到一米六之间……"

我险些拿不住手中的笔记本——居然用这种方法来判断嫌疑人的身高?我并不想指责当初的侦查方法,只是觉得可怕——用这种随意的方法,便将身高一米五八变为确凿的事实。

不妨再以知名的未破案件"府中三亿日元抢劫事件"举个例子。一九六八年,一辆白色摩托车将运钞车拦下,抢走了三亿日元。这个嫌疑人的模拟画像被大量印制,散布在日本各地。可三年后,侦查本部宣称"凶手长得不像模拟画像",大幅度修改了侦查方针。可模拟画像上的样子已经印刻在人们脑海里,无法轻易替换。案件陷入了僵局,至今还有不少人相信凶手就是模拟画像上的人。

"横山由佳梨事件"中的棒球帽、墨镜、长袖夹克,以及肥大的裤子,可能是凶手的伪装,却被当作凶手的特征广为传播。如果这个"人像"毫无意义,不仅在初期侦查时没有起到任何效果,还给当时看过这个影像的人们植入了错误的印象。

在"足利事件"现场目击到"鲁邦"的松本女士,留意到了监控录像中男子的走路姿势。虽然只是从中觉察出了什么，但是侦查人员应该追查这些细节背后的关联。

有田芳生议员在国会上向官房审议官提出这样的问题："清水洁记者在《足利女童连续失踪事件》一书中明确写道，用最新的STR法鉴定疑似凶手的试样，有三十多处位点与该男子（'鲁邦'）的DNA型一致。您知道吗？"

"我知道。"

有田芳生议员继续问道："那您知不知道，检方的最高层也知道这件事？"

官房审议官回答道："我不知道其中的经过，但我们已经竭尽全力调查了嫌疑人与相关人员。"

可凶手依然逍遥法外。

关于第十章里"饭塚事件"的后续，我也想在此稍作介绍。

二〇一四年三月，福冈地方法院做出驳回再审申请的决定。审判长平塚浩司几乎全盘采纳了检方的主张，对辩护团的疑问持否定态度，确切地说，是连谈都不谈。那天，辩护团毫不掩饰自己的愤怒，认为法院的决定有结论先行的嫌疑——反正死刑都已经执行了。

在辩护团的众多主张中，唯有一点被法院承认——对科警研DNA型鉴定的疑问。法官判定："现阶段，案件当事人与凶手DNA型一致的鉴定结果无法直接作为有罪认定的根据。"

可是，福冈地方法院最后依然得出结论："排除鉴定结果后，仍有证据可有力证明案件当事人就是凶手。"

这个判决令人诧异。

如果一个重要证据被认定为"无法作为有罪认定的根据"，接下来应该开始再审才对。

DNA型鉴定显示，被害人与久间三千年有直接接触。如今排除了这个证据，久间与被害人的直接联系就消失了。剩下的只有目击证词与车内残留物等有限的证据。可法院却认为这些证据"可有力证明案件当事人就是凶手"。

从始至终都否认有罪的久间在从狱中寄出的信件中这么写道：

> 除了DNA型鉴定，他们还实施了纤维鉴定，可这不足以成为关键性证据，因此，DNA型鉴定会极大地左右审判结果……

这就是被判死刑之人的认知。

如果法院不是在执行死刑后，而是在执行死刑前就做出排除DNA型鉴定结果的判定，法务大臣还会毫不犹豫地签署死刑执行命令书吗？辩护团说法院的决定有结论先行的嫌疑，并非空口无凭。

随后，久间的妻子与辩护团向福冈高等法院提出即时抗告。

去年冬天,我去了一趟韩国首尔。

"饭塚事件"的采访过程中,我强烈感受到死刑的封闭性。第十章中我曾提到被涂黑的文件,从起草文件到执行死刑,全部在密室中完成。旧东京监狱的刑场曾对外开放,但我没有进去看过。

我曾乘坐直升机,想从上空拍摄刑场——旧东京监狱角落里一处独立的建筑。这个小小的建筑位于被称作"鬼门"的东北角上,连环强奸杀人案的凶手大久保清等死刑犯就在此被行刑。我可以从高空拍摄建筑,可密室内部长什么样我却不知道。

我在一个意外的地方知道了答案——首尔。

西大门刑务所遗址位于露出白色岩石的山顶下,一排红褐色砖墙围住一栋古老的建筑。如今这里作为历史博物馆对外开放,参观者可以看到当时的漆黑牢房与拷问室。这个禁止拍照的独栋小屋,与旧东京监狱的刑场完全一样。

从一个带有十字窗棂的推拉窗向内看去,墙上钉着木板,有一个木制祭坛,还有褐色的长椅,也许是供检察官与所长落座。而眼前这个仿若小舞台的地方,正中央有个一米见方的踏板,顶上有个白色绳圈。

我绕到屋子背面。从滑轮延伸下来的绳索缠绕在墙上的金属部件上,可以根据死刑犯的身高来调整绳索长度。地上还立了一根木头手柄,手握之处黑得发亮——那是无数次使用后留下的痕迹。有多少人在这里被执行死刑?又有多少人含冤而死?

本书中提及的"饭塚事件"引起了特别的反响,我在此一并记录。网上有很多匿名评论:"久间绝对有罪!""看判决书就知道他是凶手!"这些评论认为"足利事件"是冤案,而"饭塚事件"不是。评论里长篇累牍地引用判决书中的内容,批判那些怀疑DNA型鉴定的报道与书籍(我的书当然也无法幸免)。

评论中出现了很多专业术语,如"推定无罪""诱导""供述调查书""一审判决与二审判决的评价"等,似乎是精通刑事审判的人写的。他们盛赞本书中"北关东连环杀童案"的部分,却对"饭塚事件"相关内容展开猛烈抨击,令我十分疑惑。调查后才发现,很多评论的IP地址都来自福冈县,应该是司法领域中与"饭塚事件"有利害关系的人干的。那一秒,我深刻感受到了此事的水有多深。

此外,我还听到了各种各样关于"鲁邦"的评论:"鲁邦"究竟是谁?他住在哪里?你是如何追踪到他的?你应该多写一些他的特征吧?

我在执笔之初就料到会出现这样的声音。"鲁邦"的细节特征让我相信他就是凶手。我最想写的也正是这些。

可为何剔除这些细节了呢？我想基于这本书的结构来稍加说明。

本书是关于案件的非虚构作品，除了案件本身，案件的侧面、后续以及记者的行动也占据了不少内容，我想让读者了解到，在每日源源不绝的新闻报道背后，有多少信息被我们忽视了。

很多报道会将消息来源与获取方法处理得很含糊，如只写"据相关人士透露"。从接受信息的一方来看，"相关人士"出处不明，很不可靠，但这其实是在遵循隐匿消息来源的原则。公开消息来源，会对提供消息的人不利，以后就没有人愿意这么做了。

我在本书中详细写出了一般报道中不会出现的内容，比如我采用何种方法找出受访者、如何说服对方、在何种情况下展开报道等。我认为，在一个没有担保的报道中，最好尽量公开采访背后的故事。与我的上一本书《桶川跟踪狂杀人事件》相同，本书也采用了第一人称的叙事手法。也就是说，"北关东连环杀童案"的报道，是我本人的实名责任制报道。

如果我擅自做出锁定某人的报道，就会触犯法律。在这个大前提下，我不触碰隐私雷区，最大限度地在书中据实相告。我无法公开找到"鲁邦"的详细经过。如果公开,其他同行可能依葫芦画瓢去找人。本来我希望其他媒体能够伸出援手,可"鲁邦"是侦查机关不愿承认的人。到时,那些得不到担保的记者可能会犹犹豫豫地前往现场——"现在虽然无法报道,可以先采访一下,以备日后案件出现转机。""就先拍个视频吧。"在侦查机关有所行动之前,这些采访是破坏现场的行为,相关报道将被雪藏。曾经有个《朝日新闻》的记者从我这里获取了大量信息,承诺一定会报道,最后却再无下文。

或许有人会说:"你们应该让真相广为人知,独享真相的记者很自私。"

这样反而会催生出更大的问题。在这个网络时代,对案件感兴趣的人可能会独自展开行动,根据书中信息"人肉搜索"出"鲁邦",出现我最不愿看到的"私刑"。

报道有时会带来可怕的后果——左右一个人的命运。这也是知名报道机构寻求担保的原因。

这个案子上,我选择了没有担保的实名责任制报道。因此,无论舆论多么关注,无论我自己多么想写,我还是严守着可报道与不可报道的界限。

***

最后,虽然我经常感到孤立无援,可能够坚持至今,还是要感谢各位相关人士以及诸多支持这本书的人。大家共承一志，多么令人振奋！我在此向各位表示衷心感谢。

我时时回想起菅家出狱那天，监狱门口的喧闹：头顶上盘旋的直升机、严阵以待的报道阵营……自那以后，时光似水流逝。

重获自由的菅家为支持申诉冤案的人们，奔波在日本各地。如今的他充满活力，坚定地诉说着自身经历，与刚出狱时寡言少语的他判若两人。

由佳梨至今仍旧下落不明。

"鲁邦"仍然在弹珠游戏台前消磨时光。

每次与被害人家属见面，那种无法消融的悲伤总能刺痛我的心。事态可能真的不会有什么进展。心中的悲痛无法言说。

可我还是要说。

无论时光如何流逝，我都会紧盯这个案子，不会让悲剧再度上演。

我相信这就是案件报道唯一的存在价值，作为记者，我奔赴现场，采访报道，即使眼前一片黑暗也不放弃。

绝不会变。

二〇一六年三月

清水洁

图书在版编目（CIP）数据

足利女童连续失踪事件 /（日）清水洁著；曾玉婷译 . -- 上海：文汇出版社，2022.7
ISBN 978-7-5496-3731-7

Ⅰ.①足… Ⅱ.①清…②曾… Ⅲ.①纪实文学 – 日本 – 现代 Ⅳ.① I313.55

中国版本图书馆 CIP 数据核字 (2022) 第 039745 号

SATSUJINHAN WA SOKO NI IRU : INPEI SARETA KITAKANTO RENZOKU YOJO YUKAISATSUJINJIKEN By KIYOSHI SHIMIZU
©2013 KIYOSHI SHIMIZU
Original Japanese edition published by SHINCHOSHA Publishing Co., Ltd.
Chinese (in simplified character only) translation rights arranged with SHINCHOSHA Publishing Co., Ltd. through Bardon-Chinese Media Agency, Taipei.

版权登记图字 09-2022-0215

足利女童连续失踪事件

作　　者 /	〔日〕清水洁
译　　者 /	曾玉婷
责任编辑 /	何　璟
特邀编辑 /	李昕芮　黄渭然
装帧设计 /	李照祥
内文制作 /	田小波
出　　版 /	文汇出版社
	上海市威海路 755 号
	（邮政编码 200041）
发　　行 /	新经典发行有限公司
电　　话 /	010-68423599　邮　箱 / editor@readinglife.com
印刷装订 /	河北鹏润印刷有限公司
版　　次 /	2022 年 7 月第 1 版
印　　次 /	2022 年 9 月第 2 次印刷
开　　本 /	548×850　1/32
字　　数 /	171 千
印　　张 /	10

ISBN 978-7-5496-3731-7
定　　价 /　49.00 元

敬启读者，如发现本书有印装质量问题，请与发行方联系。